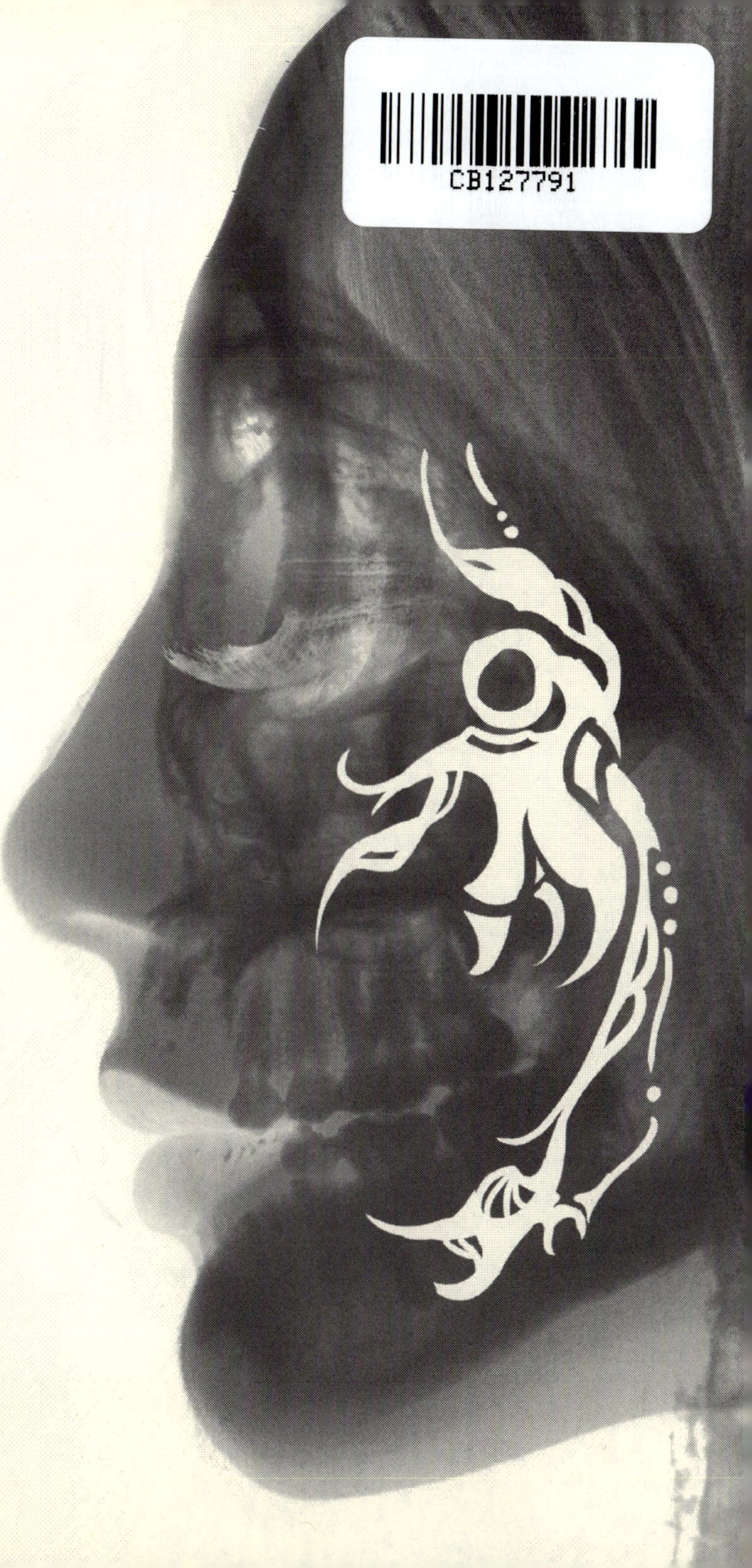

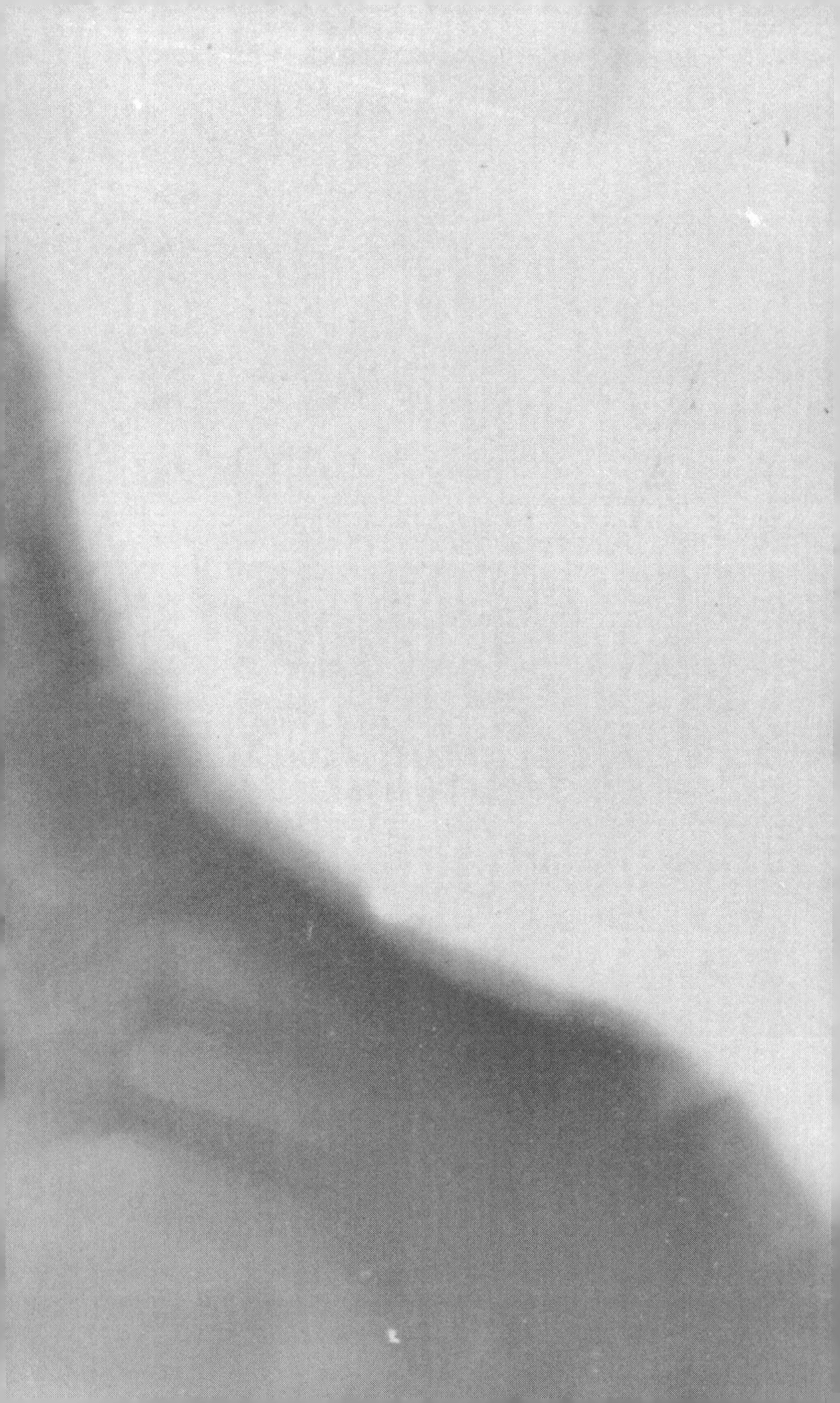

UM BEIJO DE MORTE

LUIZA SALAZAR

Editora Draco

São Paulo

2015

Luiza Salazar
Nascida em Belo Horizonte e formada em jornalismo, divide suas horas livres entre escrever, desenhar, assistir filmes e ler o máximo de livros que consegue. Apaixonada por histórias e atormentada pelo mal de não poder olhar para um papel branco e preenchê-lo com palavras, tem uma fome insaciável de chocolate e de experimentar coisas novas. Acredita na noção antiquada de que sonhos podem se tornar realidade e admira muito pessoas que realizam o impossível. A série *A Ordem*, com os romances *Um Toque de Morte* e *Um beijo de Morte,* é o seu trabalho mais recente. BLOG luizasalazar.wordpress.com

Publisher: Erick Santos Cardoso
Produção editorial: Janaina Chervezan
Edição: Ana Lúcia Merege
Capa: Ericksama

Dados Internacionais de Catalogação na Publicação (CIP)
Ana Lúcia Merege 4667/CRB7

Salazar, Luiza
Um beijo de morte / Luiza Salazar. – São Paulo: Draco, 2015

ISBN 978-85-8243-148-1

1. Romance brasileiro I. Título

CDD-869.93

Índices para catálogo sistemático:
1. Ficção : Literatura brasileira 869.93

1ª edição, 2015

Editora Draco
R. César Beccaria, 27 – casa 1
Jd. da Glória – São Paulo – SP
CEP 01547-060
editoradraco@gmail.com
www.editoradraco.com
www.facebook.com/editoradraco
Twitter e Instagram: @editoradraco

UM BEIJO DE MORTE

LUIZA SALAZAR

Os limites que dividem a vida e a morte são,
na melhor das hipóteses, sombrios e vagos.
Quem pode dizer onde um termina e outro começa?

Edgar Allan Poe

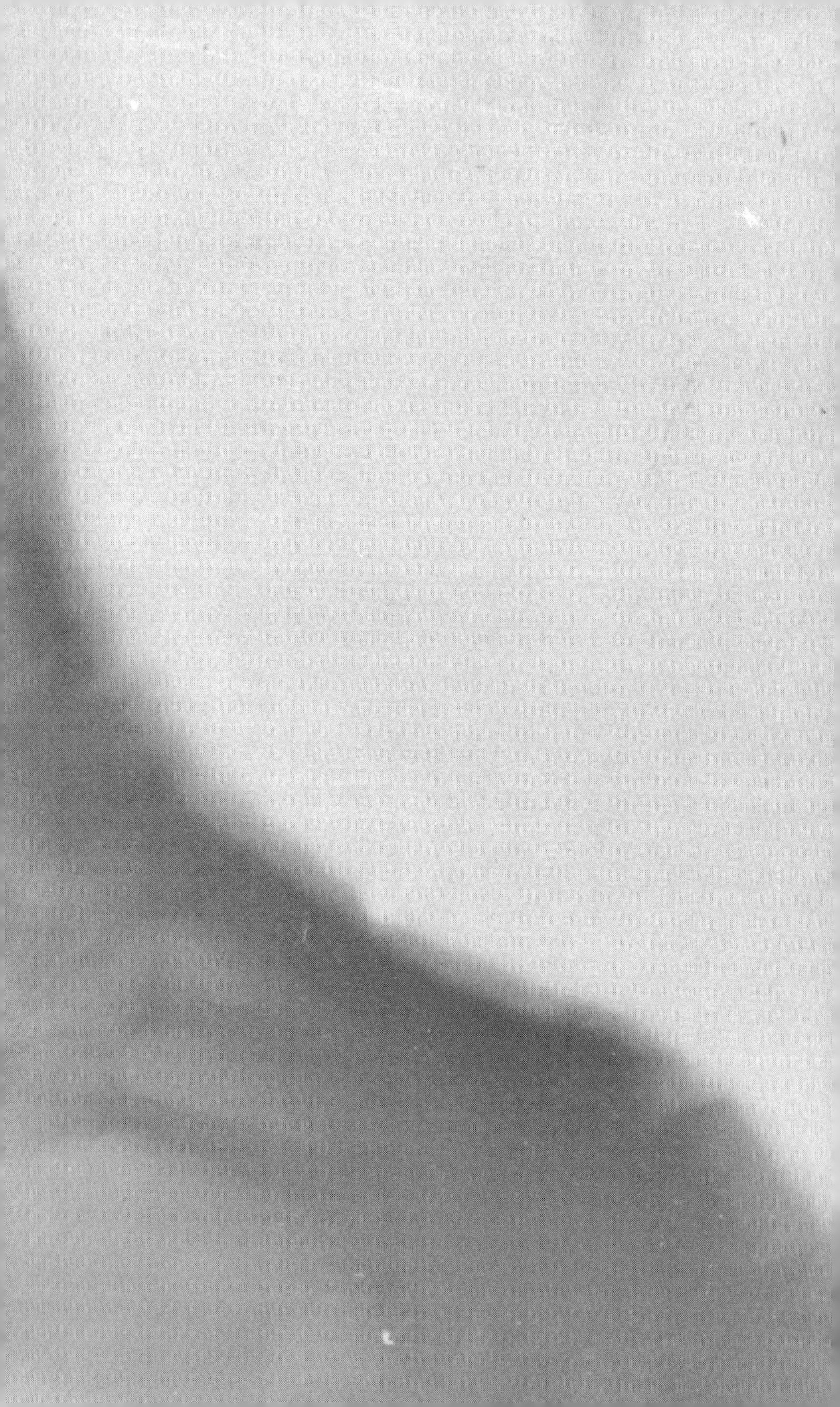

1

Kat abriu os olhos, se sentindo estranha. Ela não sabia definir bem o porquê. Talvez fosse o fato de que seu corpo parecia não ser capaz de sentir a temperatura do ambiente, ou nenhum tipo de umidade. Talvez fosse o fato de que ela não conseguia ouvir som algum, nem ver nada além de uma luz branca, não importando para onde olhasse.

Ou talvez fosse o fato de que ela não estava respirando.

"É isso então," Kat pensou, "eu finalmente estou aqui de vez. No mundo dos mortos. Eu finalmente morri".

De alguma forma, isso parecia justo. E Kat se sentia estranhamente em paz, sabendo que não teria mais que se preocupar com suas decisões ou com o seu futuro. Sabendo que estava livre do fardo das suas habilidades e de tudo que elas traziam para a sua vida.

Assim que se levantou, Kat percebeu mais uma coisa incomum sobre seu novo estado: ela parecia não pesar nada. Era como se simplesmente pensar sobre seus movimentos fizesse com que eles acontecessem. A sensação era um pouco desorientadora, mas não demorou para que Kat se acostumasse. Ela estava em território familiar, afinal de contas.

Mesmo sem saber para onde ir, ou mesmo o que fazer – o que uma pessoa fazia depois de morta? – Kat resolveu andar. Infelizmente, era como mergulhar no oceano sem nenhum ponto de referência, impossível saber a distância que estava percorrendo enquanto andava e com uma sensação persistente de enjoo e dores de cabeça. Parecia um tanto injusto que se pudesse sentir esse tipo de coisa depois de seu coração ter parado de bater, mas Kat não podia fazer nada a não ser continuar.

Enquanto andava, ela tentava se lembrar das circunstâncias que a tinham levado àquele estado permanente. Imagens de tecidos flutuando no ar, cristais refletindo a luz e manchas vermelhas no mármore passavam pela sua cabeça, fazendo-a pulsar o suficiente para que Kat desistisse de recuperar memórias de uma vida que não importava mais. Que diferença ia fazer?

Um estalo chamou sua atenção, na direção quase oposta de onde ela estava indo. Ou ao menos parecia ser daquela direção, era realmente difícil dizer. Kat girou a cabeça para identificar a fonte do som e, a princípio, nada na paisagem branca tinha mudado. Mas, no tempo que seus olhos demoraram para piscar e se ajustar ao giro repentino, uma pequena paisagem apareceu, não muito longe de onde estava agora.

Era difícil ver qualquer coisa específica na paisagem, mas era um alívio ter algo em que fixar seu olhar, diminuindo drasticamente a sensação de desorientação. Por motivos que não sabia explicar – talvez porque ela temia que sua única referência visual fosse desaparecer tão rápido quanto apareceu – Kat correu, seus pés tocando o chão branco como se ela pisasse em nuvens. Era um pouco como tentar correr debaixo d'água, frustrante, lento e estranho, mas Kat não ousou piscar, nem fazer nada que pudesse comprometer sua recém-adquirida missão.

Quando finalmente chegou onde queria, depois do que pareceu um longo tempo e uma longa distância percorrida, Kat esperava ter que tomar fôlego, se apoiar nos joelhos ou sentir sede. Mas, novamente, nenhuma destas sensações estava presente e isso a fazia se sentir ainda mais desconfortável. Ela torcia para que pudesse se acostumar com esse tipo de coisa.

A paisagem que tinha surgido não poderia ser chamada de paisagem, na realidade. Não passava de algumas árvores secas e uma superfície refletora entre elas, lisa e prateada como um espelho, mas com bordas irregulares que não indicavam ser nada sólido.

A vontade de comprovar exatamente o que era esta superfície fez Kat agachar e se debruçar sobre ela, seus dedos tentando alcançar o espelho, como Alice se esticando para olhar dentro da toca do coelho. Mas o que ela viu, antes que pudesse sequer arranhar a superfície, foi seu próprio rosto, pálido, seus olhos violeta cintilando, seus cabelos loiros quase brancos caindo como cascatas em frente aos seus ombros.

Ver seu rosto ali foi, de alguma forma, assustador. Era como se Kat não se lembrasse da sua própria aparência e agora ela a incomodava. Seus olhos a lembravam do quão diferente era ela, sua pele era quase tão branca quanto a atmosfera que a cercava, ela se sentia... uma aberração. Mesmo ali, mesmo sozinha, sem ninguém para julga-la, ela sentia a vergonha que nunca deixava transparecer quando estava viva.

Kat fechou os olhos, apertando-os como uma criança assustada faz quando acha que viu um monstro. Feche os olhos e o monstro desaparece. Mas quando ela os abriu, o monstro ainda estava lá. E agora havia mais de um.

Seu rosto tinha sido copiado para outra pessoa, parada atrás dela, olhando para o espelho, mas ela parecia mais velha, os cabelos loiros curtos. Era como se Kat estivesse olhando para o seu futuro. E o futuro estava sorrindo para ela.

Kat-do-futuro levantou uma das mãos lentamente, ou ao menos pareceu ser lentamente, enquanto Kat-do-presente via tudo pelo espelho. Era assustador. Era simplesmente assustador ter uma cópia modificada se preparando para te tocar no mundo dos mortos, onde você não parecia ser capaz de reagir às coisas como normalmente reagiria. Era impossível se mover. Ela estava hipnotizada.

A mão do seu clone pousou gentilmente sobre o seu ombro esquerdo e, em uma fração de segundo, Kat sentiu uma dor como nada que ela pudesse descrever, como um milhão de agulhas geladas perfurando sua pele em cada ponto que os dedos a tocavam. Ela apertou os olhos, gritou e, girando seu corpo, se jogou no espelho, que espirrou em milhares de direções em uma chuva prateada, engolindo Kat em um líquido espesso e fazendo a imagem da mulher desaparecer.

Eu levanto, suando, minha mão indo diretamente ao meu ombro que queima com uma dor insuportável. Não consigo lembrar por que está doendo, mas o meu grito é alto o suficiente para rebater nas paredes de um apartamento que eu não reconheço, ao menos não no meu estado de desespero e completa falta de ar.

Antes que eu resolva levantar da cama em que estou deitada e fugir pela janela, escuto passos rápidos no corredor. A porta do quarto se abre violentamente, e Eric tropeça para dentro do quarto, seus olhos arregalados. Ele está sem camisa, mas seu torso está completamente coberto por bandagens brancas e seus braços estão arranhados.

Assim que seus olhos me veem, aparentemente ilesa, ele relaxa e se apoia contra a porta, seus lábios se formando em um sorriso leve.

– Eric... – eu sussurro, lágrimas começando a se formar nos meus olhos.

– Ei, Kat, bom te ver acordada – ele responde, sua voz suave.

Palavras não conseguem chegar aos meus lábios. As lembranças da noite da festa voltam em uma onda de imagens e sons e eu me lembro, distintamente, de ver Eric à beira da morte, esfaqueado, seus olhos se fechando enquanto ele desistia de viver.

– Você está vivo – eu digo, e me sinto idiota por declarar o óbvio. – Como?

– Isso não é importante agora – ele responde, se aproximando cautelosamente da cama. Por um momento eu acho que ele vai sentar ao meu lado e colocar suas mãos sob as minhas, mas, como uma ducha gelada, eu me lembro de quem eu sou, então ele puxa uma cadeira e se senta perto dos meus pés, cobertos por uma manta de lã nada apropriada para o verão nova iorquino. Isso, supondo, que eu ainda esteja em Nova York.

– Onde eu estou? – eu pergunto, temendo a resposta.

– Um dos nossos apartamentos – ele responde, olhando pela janela. A julgar pelo tom alaranjado que banha o quarto, o anoitecer não deve demorar mais do que meia hora.

– Nossos apartamentos? – eu pergunto, genuinamente confusa. Ele me olha, sorrindo por alguns segundos, como se esperasse que eu entendesse uma piada. – Ah – eu digo, finalmente –, a Ordem.

Por um brevíssimo momento de paz, eu tinha me esquecido de toda a bagunça com a Ordem e a Legião, mas aparentemente, nada na minha situação mudou. Eric simplesmente concorda em silêncio, mas ele não está sorrindo mais.

– O quanto, de dez a zero, eu ferrei tudo? – eu pergunto, tentando soar casual, mas por dentro eu estou em pânico. Eu quebrei uma trégua que durava centenas de anos e não fazem cartões de desculpas para isso.

– Você não ferrou nada – Eric diz, mas não parece convencido.

– E Roxie? Vlad? O que aconteceu com o apartamento? Valentina ainda está viva?

– Kat, relaxa. Nós vamos responder todas as perguntas que você tiver, mas você precisa comer e descansar. O stress pode esperar.

– Que bom saber que vai ter stress no futuro – eu digo, desanimada. Minha barriga ronca de repente, me fazendo corar e Eric ri. – É, eu estou com fome.

– É natural, tem três dias que você não come nada.

– Três dias?! Tem três dias que eu estou dormindo? – eu pergunto, completamente estarrecida. É impossível, como é possível?

– Desacordada seria uma palavra mais adequada – Eric diz, um pouco sem jeito. – Tem comida na cozinha, se você estiver disposta a levantar. Eu posso pedir para alguém trazer, caso contrário.

– Disposta? Eu sou moralmente obrigada a levantar. Três dias? Por que vocês não me acordaram?

Assim que as palavras saem da minha boca, eu percebo o quão ingrata elas soaram. Eric me olha com tristeza por um instante antes de responder.

– Kat, por um tempo, nós nem sabíamos se você ia acordar.

Não existe uma resposta adequada para isso. Eles achavam que eu estava morta e eu não consigo imaginar o quanto isso os preocupou, especialmente...

– Rebecca! – eu exclamo, querendo me socar por não ter pensado nela antes – Meu Deus, Rebecca deve ter tido um ataque a esta altura! – As palavras saem da minha boca enquanto eu luto para me desenrolar do cobertor e me levantar, mas Eric gentilmente toca meus ombros e me faz sentar de novo, o que é bom, porque o mais simples movimento faz doer todos os músculos do meu corpo e eu fico tonta instantaneamente.

– Rebecca sabe que você está bem, não se preocupe com ela. Agora, devagar, você consegue se levantar?

Ele estende seus braços em minha direção e por um breve segundo, antes de lembrar quem eu sou, minhas mãos se estendem para se apoiar nos braços dele. Mas seus olhos se arregalam, me arremessando de volta a realidade: eu não posso tocá-lo. Nunca.

O colchão cede sob as minhas mãos quando eu me apoio para levantar. O movimento faz todas as minhas juntas se estalarem e eu cerro os dentes para esconder a dor, e Eric faz o possível para esconder a pena nos seus olhos, mas eu ainda consigo vê-la. Me faz sentir estranha.

Assim que estou de pé, estico meus músculos, tentando me habituar ao movimento do meu corpo com cada passo que dou em direção à porta. Eric fica ao meu lado, seus braços querendo se estender, como um pai preocupado que está vendo o filho dar os primeiros passos. É desconfortável pensar na minha fragilidade nesse momento. Me irrita depender de outras pessoas e, por um instante, eu me pergunto se isso é normal.

A caminhada para a cozinha é lenta, mas progressivamente melhorada. A maior parte da minha dor e desconforto parece vir do fato de que eu mal usei meus músculos por três dias, embora eu consiga sentir cortes e roxos em algumas partes do meu corpo. Estes vão levar um tempinho para curar completamente.

A cozinha divide espaço com a sala de estar, o que me faz perceber que o apartamento é pequeno, feito talvez para uma pessoa. O quarto onde eu estava parece ser o único e eu me pergunto se estava passando as noites sozinha ali. Eu esperava que sim, a última coisa que queria era saber que tinha feito alguém dormir no sofá por três noites depois do que aconteceu na festa de Valentina.

O nome dela faz calafrios subir pela minha espinha e eu estremeço. Eric me olha com preocupação, mas eu sacudo a cabeça com um sorriso, indicando que ele não precisa se preocupar tanto assim. Satisfeito, Eric puxa uma cadeira na pequena mesa branca de quatro lugares no centro da cozinha e, assim que eu estou confortavelmente sentada, ele se apressa em direção à geladeira.

Eu fico calada enquanto o vejo depositar uma quantidade enorme e desnecessária de itens de café da manhã diante de mim: frutas, suco, torradas, pão, manteiga, geleia e doces. Enquanto minha mente tenta lembrar as regras de boas maneiras para que eu não ataque a comida como uma selvagem, Eric se move da geladeira para o fogão, derretendo manteiga em uma frigideira. O cheiro da manteiga invade a pequena cozinha rápido e eu não consigo mais me segurar, me servindo de um pouco de tudo que foi colocado diante de mim.

– Eu guardaria um pouco de espaço se fosse você – uma voz vinda da sala diz. Uma garota de cabelos pretos impossivelmente lisos com um sorriso radiante se levanta do sofá, usando uma calça preta justa e uma blusa de manga comprida vermelho sangue, a bolsinha preta presa à cintura como sempre.

– Roxie! – eu respondo, radiante. Ela salta por cima do encosto do sofá e, em dois pulos com suas pernas longas, está diante do fogão, o queixo apoiado nos cotovelos, piscando exageradamente para Eric.

– As panquecas do Eric são lendáááárias – ela diz, se aproximando da frigideira e cheirando as panquecas enquanto dizia a última palavra.

– Para de ganância, Roxie, você já comeu que chegue – Eric responde, severo. Mas assim que termina de falar, os cantos dos seus lábios se levantam um pouco em um sorriso.

Roxie faz um bico como uma criança de quatro anos que acabou de ter seu sorvete negado depois do jantar e marcha até a mesa, deixando seu corpo cair com força exagerada na cadeira ao meu lado.

– E aí, Mortícia! – ela diz, partindo um pão com as mãos delicadas. – Resolveu se juntar aos vivos?

Eric para no fogão de repente e, embora ele esteja de costas para mim, eu sei que sua expressão se fechou.

– Não tem graça, Roxie – ele diz, o barulho da panqueca sendo frita à sua frente o único som no apartamento.

– Re-la-xa, totó! Kat sabe que eu estou brincando, certo? – ela olha para mim sorrindo com os olhos quase fechados. A sinceridade daquele gesto faz com que eu sorria de volta.

– Claro – eu respondo, não sabendo o que mais dizer.

– E então, como você está se sentindo?

– Bem, na verdade. Só um pouco confusa.

– Confusa? – Roxie deixa a cabeça pender para o lado, como um cachorro – Por que, confusa?

– É só que – eu tento achar as palavras certas – a última vez em que eu estava acordada, Eric estava...

Antes que eu possa terminar minha frase, Eric chega, depositando três panquecas com mel no meu prato e puxando uma cadeira para se juntar a nós na mesa.

– Coma – ele diz, sério. – Você vai se sentir melhor.

Eu não quero dizer que já comi quatro pães e toneladas de uvas e ainda não me sinto melhor, então como, me deliciando com a textura macia e o sabor doce das panquecas.

– São realmente boas, Eric – eu elogio, minha boca ainda cheia.

– Não são? – Roxie concorda, esticando o braço para pegar uma delas do meu prato. Eric dá um tapa na sua mão e Roxie solta um gritinho de indignação, se recolhendo de volta para a sua cadeira.

Quase vinte minutos depois e, finalmente, o prato à minha frente vazio e, provavelmente, cor de volta às minhas bochechas, Eric decide que eu já comi o bastante e começa a recolher os pratos. Eu me levanto para ajudar, mas ele sacode a cabeça com um sorriso, fazendo sinal para que eu me sente de novo.

Nós ficamos em silêncio por um tempo, olhando Eric colocar pratos na pia e devolver itens para a geladeira e eu sinto minha tensão aumentando. O que eles não estão dispostos a discutir?

Quando ele finalmente termina suas tarefas, Eric se senta novamente à mesa, desta vez com a postura severa, como alguém preparado para começar uma entrevista de emprego. Ele pigarreia de leve e olha para Roxie, que acena com a cabeça rapidamente. Então, ambos olham para mim.

– O que você quer saber? – Eric pergunta, sério. É difícil dizer se ele está bravo ou impaciente ou simplesmente neutro. Me deixa nervosa.

Tem várias coisas que eu quero perguntar, várias coisas que eu quero saber e, por um momento, todas estas coisas passam pela minha cabeça a mil quilômetros por hora, mas uma delas se destaca e sai pela minha boca antes que eu possa pensar em uma forma melhor de formula-la.

– Como você está vivo? – eu digo, olhando diretamente para Eric e tentando não desviar quando ele me olha de volta, seus olhos violeta cintilando e sem piscar. Nós ficamos assim por alguns segundos até que ele suspira e pisca lentamente, esfregando a ponte do nariz com os dedos em um gesto impaciente.

– É complicado – ele diz e eu quero acertá-lo com um objeto pesado quase instantaneamente. "É complicado" está na minha lista de dez respostas que você dá para uma pessoa quando não quer dizer absolutamente nada.

– É complicado – eu repito, incrédula. Meus olhos se voltam para Roxie, mas ela desvia o seu olhar para outro lugar, como se não fosse capaz de me encarar. – Se todas as respostas que você prometeu dar forem nessa linha, eu estou obviamente perdendo meu tempo.

Eric tem a decência de parecer envergonhado com isso. Ele apoia os cotovelos na mesa e a cabeça nos cotovelos, parecendo considerar a melhor resposta.

– O que você sabe sobre ser uma Ceifadora, Kat? O que você realmente sabe sobre o que isso significa?

– Eu sei que toco nas pessoas e elas morrem – eu digo, acostumada com a realidade de quem eu sou. O que mais há pra saber?

– Naturalmente, mas o que isso significa? – ele continua, parecendo esperar que eu descobrisse algo por mim mesma. Eu não estava com paciência para charadas e perguntas misteriosas.

– Significa que eu mato pessoas, Eric. Eu não sei o que você quer que eu diga.

– Significa que você é um agente da morte, Kat – Roxie diz, em um dos seus raros momentos de seriedade. – Significa que você é uma coletora de almas, uma pessoa que caminha no tecido entre a vida e a morte, uma pessoa capaz de ver além do mundo mortal. É muito mais do que matar pessoas.

– Eu não quero *mais,* Roxie. Menos seria bom. Mais, nem tanto.

– Aprender sobre quem você é, sobre o *que* você é, vai ajudar você a conviver com as suas habilidades, Kat – Eric diz, o carinho em sua voz fazendo com que eu me sinta culpada por ter estourado quando eles só estão tentando me ajudar.

– A última pessoa que tentou me ensinar sobre quem eu sou foi Valentina, Eric, e não é uma experiência que eu esteja ansiosa para repetir.

O nome de Valentina faz tanto Eric quanto Roxie torcerem o nariz.

– Valentina é famosa por ensinar meias-verdades para as pessoas. Sem dúvida, tudo que ela te ensinou foi para servir a seus próprios interesses. Não é isso que nós queremos fazer.

Como eu podia saber? Como eu podia saber que Vladimir era assim tão diferente de Valentina? Sim, eu gostava de Eric e Roxie, mas eu tinha gostado de Vince também, até ele tentar me matar.

– Você ainda não me disse como sobreviveu, Eric – eu digo, ansiosa para tirar o foco da conversa de mim.

– Eu estou tentando. Eu disse que era complicado.

Minha expressão irritada faz Roxie intervir em nome de Eric.

– Kat, Eric está vivo por causa de você.

Meus olhos se arregalam e eu olho para Roxie, tentando processar suas palavras. Eu fico feliz de saber que eu tenho algo a ver com Eric estar vivo, mas eu lembro distintamente de não ter conseguido salvá-lo.

Eu me lembro de tê-lo visto morrer.

– Não – eu digo. – Eu vi...

– Você me viu morrer, mas... Tem algo que você deveria saber, algo que talvez Vlad saiba explicar melhor.

– Eu não vou esperar por Vlad, Eric. Diga o que você tem que dizer. – Minha paciência para todos estes segredos e novas informações está se esvaindo rapidamente.

– Bom – Roxie diz, parecendo sem graça. – Você pode ser capaz de matar, mas, como nós dissemos, você é só um agente. Você não é, ahm, *a morte*.

– Isso é reconfortante – eu respondo, minha expressão neutra.

– O que ela quer dizer – Eric diz – é que a morte é algo que sempre estará lá. Se você parasse de matar pessoas amanhã, isso não ia impedir que outras morressem.

– Isso é um tipo de terapia para que eu me sinta melhor? Coisas ruins acontecem?

– Não. Isso é um fato. Existe um equilíbrio que precisa ser mantido no mundo, um equilíbrio pelo qual nós todos somos responsáveis na Ordem. Mas você, mais do que qualquer pessoa, está sujeita a um equilíbrio cruel. Quando a morte quer uma alma, ela leva uma alma. Nem mesmo você pode impedir isso.

– Mas eu impedi que aquele menino morresse no metrô, eu o trouxe de volta... – eu digo, sentindo todas as esperanças de que meu dom pudesse ter um lado bom sumindo como areia no vento.

– Você realmente o trouxe de volta? – Roxie pergunta. – Ou só impediu que seu dom o matasse? Impediu que sua alma atravessasse o tecido?

Ela está certa. Ele nunca tinha, de fato, morrido. Sua alma estava ali o tempo todo, na minha visão.

– Valentina me disse uma vez que minha função era dominar a morte. Ela me disse que eu podia trazer pessoas de volta à vida. Ela estava mentindo?

Eric e Roxie trocam olhares que parecem preocupados e tristes ao mesmo tempo. O silêncio dura desconfortáveis segundos, até que Roxie cruza suas pernas na cadeira e olha para mim.

– Não – ela diz, finalmente – Não, não é mentira. Você pode trazer pessoas de volta à vida, mas elas não seriam as mesmas. Talvez se você o fizesse minutos depois da morte, *talvez*, mas mesmo assim, não é natural. É isso que estamos tentando explicar.

– O que estamos tentando dizer, Kat – Eric diz – É que não se pode enganar a morte. Nem mesmo uma Ceifadora. A regra número um de ser você, é: onde há morte, sempre vai haver morte.

– O que isso quer dizer? – eu pergunto, quase que automaticamente.

– Quer dizer que, se você trouxesse alguém de volta dos mortos, outra pessoa ia pagar o preço. A morte não perdoa. Se ela veio levar uma alma, ela vai levar uma alma.

A informação me atinge como um balde de água fria. Minha mente volta àquela noite na cobertura, quando eu vi Eric morrendo, a raiva que eu senti, a vontade de tirar a vida de quem tirou a dele. Eu me lembro da minha fúria, do controle que tive sobre meus poderes quando matei o membro da Legião, um homem cujo nome eu nunca tinha aprendido e nunca queria saber.

– Eric... foi isso que eu fiz? A morte dele...

– Me salvou. Sim – ele diz, parecendo culpado.

– Só você pode fazer isso, Kat. Só você pode transferir uma morte de uma pessoa para a outra. Você controla o caminho das almas, ainda que não possa impedi-las de serem levadas – Roxie explica, vendo a dor nos meus olhos.

E eu estou sentindo dor. Uma dor estranha e inexplicável. Eric está vivo e isso me deixa feliz. Ele está vivo porque um homem que eu nunca vi na vida, um homem que provou ser um assassino, morreu em seu lugar. Então por que eu me sentia tão enjoada?

– Eu acho que preciso me sentar – eu digo.

– Você está sentada, Kat – Roxie diz, meio confusa.

– Ah...

– Vlad pode explicar tudo isso melhor para você. Ele tem informações que você precisa saber, ele é o responsável pelo seu treinamento.

– Que treinamento? – eu não queria ser treinada de novo. Eu não gostava da ideia de aprender mais sobre algo do qual eu quis me livrar minha vida inteira. E se eu descobrisse que era pior do que eu pensava?

– É muita informação ao mesmo tempo, eu entendo – Eric não responde a minha pergunta. – Mas não há tempo a perder.

– Eu preciso ir para casa. Preciso ver Rebecca. – Eu me levanto de repente, sem entender minha necessidade absurda de sair dali agora. Talvez eu precisasse ouvir Rebecca, ouvir sua voz me convidando para ir ao shopping ou ao cinema ou me enfiando em uma nova roupa ridícula. Eu queria ridículo. Eu queria minha vida superficial de volta. Eu estava até mesmo com saudade do Noturno, da minha rotina lá que, embora terrível e mórbida, era sempre a mesma. Sem surpresas.

Eric e Roxie trocam olhares de novo, se levantando das cadeiras devagar, sabendo que eu não sei onde estou e não vou sair correndo sem ter um destino, uma maneira de chegar onde quero ir.

– Nós vamos te levar até Rebecca, Kat, claro – Roxie diz, sorrindo.

– Assim que você estiver pronta – Eric completa.

– Eu estou pronta agora, eu quero ir agora.

Eu volto andando rápido para o quarto, olhando em volta e vendo uma mochila preta que eu sei que é minha. Como ela chegou aqui e o que tem dentro dela, eu não sei, mas eu a pego e volto para a sala, marchando e ignorando a dor que isso provoca nos meus ferimentos.

Eric suspira e concorda em silencio. Ele pega um casaco no cabide e o entrega para mim antes de vestir o seu próprio. Roxie também se agasalha com um blusão roxo e, juntos, saímos do apartamento.

O prédio deve ser antigo, já que não tem elevadores, mas eu não me importo em descer as escadas, dois degraus de cada vez, sentindo falta de ar quanto mais perto do térreo eu chego. Eric e Roxie vêm atrás de mim, quase correndo escada abaixo, os dois com olhares confusos, mas eu não consigo me importar.

Assim que saio pela porta de vidro escura, o ar de Nova York invade meus pulmões, o barulho de carros, de buzinas e vozes, tudo isso me tranquiliza. Por um segundo, o mundo é normal de novo e eu só quero andar até chegar ao meu apartamento. Mas, obviamente, eu não sei onde estou nem a distância até Upper East Side, portanto, sem querer, eu me viro para Eric e Roxie, querendo saber o próximo passo.

Sem dizer nada, eles apontam para um carro estacionado em frente ao prédio. É o Beetle de Roxie. e ela entra no banco do motorista enquanto Eric entra no do passageiro. Eu me atiro no banco de trás, sem prestar muita atenção quando ela arranca e começa a ziguezaguear pelas ruas estreitas do bairro.

Eu olho pela janela, os prédios e pessoas nada mais do que borrões na minha visão enquanto minha mente viaja para outros lugares, tentando assimilar as novas informações e o que elas significam para mim.

Em determinado ponto da jornada, no entanto, eu percebo que não estamos no caminho do meu apartamento. Nem sequer estamos indo para Upper East.

– Ah, Roxie, onde nós estamos indo? – eu pergunto, observando o caminho que parece estar me levando para o outro lado do Central

Park, em Upper West. Roxie e Eric não respondem e olham um para o outro, tão sutilmente que eu quase não percebo. Quase.

Desconfortável e começando a ficar desconfiada, eu me encolho no assento, concentrando-me no caminho que estamos fazendo, caso eu seja obrigada a voltar sozinha. Eu só espero que haja trens onde nós estamos indo.

Menos de dez minutos depois, no entanto, minhas preocupações provam ser infundadas quando nós paramos em uma rua quieta em Upper West Side. Eu conheço bem a região. Não porque é o tipo de lugar que eu frequento por diversão – eu não poderia pagar o preço de um café aqui – mas porque muitos dos meus clientes vem dos bairros mais nobres da cidade. Na verdade, se não fosse por Rebecca, eu nem saberia dizer como é morar em um destes bairros. Eu nunca me senti em Upper East, como se tudo lá fosse emprestado, um sonho que eu não podia deixar me convencer que era realidade.

Roxie e Eric descem do carro e eu, por alguma razão, continuo sentada, olhando para a rua, coroada por um túnel de árvores que devem deixar aquele lugar lindo na primavera. Mesmo secas e nuas como estão agora, é sempre um alívio ver esta quantidade de árvores na selva de pedra da cidade.

Meus devaneios sobre as estações são interrompidos quando Eric bate de leve na janela, me convidando a sair do carro. Eu concordo, silenciosa, e me arrasto para o outro lado do banco, abrindo a porta e saindo com cuidado, como se algo fosse pular de uma das árvores e me atacar. Já aconteceu antes.

Nós estamos parados diante de uma casa branca, estilo *beaux-arts*, espremida entre dois prédios baixos cor de terra. Um portão preto puramente decorativo adorna a entrada, uma porta dupla de madeira escura, emoldurada por duas colunas brancas. Dois vasos de plantas coloridas diante da porta suavizam a formalidade da estrutura, que se estica por sete andares, janelas do chão ao teto de cada andar, como em palácios europeus, as paredes do lado de fora adornadas por ornamentos renascentistas de pedra e flores que decoram as sacadas pretas.

Eric abre o portão e Roxie passa por ele saltitando, abrindo a porta dupla e desaparecendo dentro da casa luxuosa. Eu ainda estou parada na calçada, a porta do carro aberta quase tanto quanto a minha boca. Eric sorri de leve, anda até mim, fecha a porta e tranca o carro, sua mão pousando levemente nas minhas costas, como se ele estivesse pronto a me empurrar para dentro da casa se fosse preciso.

Não é. Eu realmente quero ver como uma dessas é por dentro. Meu Deus, eu posso imaginar quanto custou! Na verdade não, não posso. Não faço a menor ideia.

Quando eu passo pelas portas duplas, eu arquejo, meu coração pulando uma batida. Um corredor se estica diante de mim, o chão de mármore cor de creme, espelhos enormes refletindo cada centímetro do lugar enquanto Eric me guia em direção à sala. Ele tira meu casaco e eu nem percebo, pendurando-o em um cabide de madeira na entrada da casa.

No fim do corredor eu vejo uma escada de mármore da mesma cor do piso do corredor, um tapete vermelho decorando o centro dos degraus que sobem em espiral até o próximo andar. É impossível não imaginar uma mulher de vestido aveludado descendo aquela escada, suas mãos enluvadas escorregando pelo corrimão preto.

Eu me sinto desapontada quando Eric me guia para uma sala à direita do corredor, meus olhos ainda na escada, sonhando em descobrir aonde ela iria me levar, como uma menina encantada com uma história de fadas. Mas, assim que meus olhos desistem da fantasia da escada, eu percebo que estou em uma biblioteca, as paredes banhadas por uma luz quente e amarelada, uma chama pequena queimando na lareira branca. Poltronas de couro estão posicionadas ao redor de uma mesa de mogno e portas de vidro permitem que eu veja a rua daqui, as cortinas verde-escuras com listras douradas abertas, para deixar que a luz da tarde invada o aposento.

Eric sorri enquanto eu absorvo os detalhes. As prateleiras de madeira e vidro, com livros que parecem ser muito antigos, não do tipo que você veria nas livrarias gigantescas em Manhattan. A paleta de cores me lembra o outono, com laranjas e vermelhos escuros, verdes militares e ocres. É impossível não se sentir confortável aqui, impossível não querer se afundar em uma das poltronas com uma xícara de chocolate quente e observar o movimento da rua.

Eu olho para Eric e uma das cadeiras, uma criança pedindo autorização para brincar com o presente que acabou de receber. Ele sorri e concorda e eu me sento na maior poltrona, de frente para a lareira, soltando um gemido de prazer quando minhas costas se ajustam ao estofado macio. Sorrindo, eu olho para trás, querendo agradecer Eric com os olhos, mas ele não está mais lá.

Meu sorriso cai dos meus lábios e minha suspeita volta, a ilusão de conforto apagada como a chama de uma vela. Eu me levanto rapidamente, já sentindo falta do conforto que senti há pouco, meus olhos saltando de um ponto ao outro da sala. Eu ando em passos rápidos até a porta de vidro que leva à rua, pressionando meu rosto contra os painéis, tentando ver o Beetle, tentando ver se eu fui abandonada aqui. Mas o carro ainda está lá.

– Ei, Kat! – Eu me viro, meus olhos demorando a se adaptar à velocidade do movimento. A sala fica borrada por um instante, procurando a fonte daquela voz e, quando eles se acostumam, eu a vejo. Parada ali, linda como sempre, impecavelmente vestida, mas parecendo cansada. Seus cabelos loiros estão mais apagados, os cachos menos definidos, círculos pretos debaixo dos olhos azuis.

Eu já a vi assim antes. Na escola, quando seus turnos no hospital eram muito longos. Quando ela parecia exausta. Como ela parece agora.

– Becks? – eu pergunto, porque não sei mais o que dizer. Porque eu não faço ideia do que ela está fazendo aqui. Porque, neste momento, eu sinto dois mundos que não pertencem um ao outro colidirem e eu quero chorar por causa disso. Porque Rebecca não merece ser envolvida nisso.

Mas ela sorri. Ela sorri como se soubesse de algo que eu não sei. Ela sorri e diz:

– Bem vinda à sua casa.

2

Eu não sei o que dizer. Becks está ali, parada diante de mim, mas algo está diferente. Ela não está tentando me vestir em nada rosa ou brilhante, ela não está reclamando das brigas com Brad, nem perguntando se eu vi os bilhetes deixados na minha cômoda. Ela não está me chamando para ir ao cinema ou às compras, nem insistindo que eu tenha uma vida normal. Ela está bem ali, no meio da minha vida anormal, me dando as boas vindas, como se ela pertencesse à ela.

– Becks... – eu tento falar alguma coisa, mas o que eu posso dizer? Qual das mil perguntas que estão passando pela minha cabeça eu devo permitir que pulem dos meus lábios?

– Kat, eu estou tão feliz que você está bem – ela diz, e eu fecho a boca, porque não era isso que eu esperava que ela dissesse, mas é o que uma amiga diria, não é? Os olhos dela estão cheios de lágrimas e seus lábios estão tremendo, seu corpo inteiro tenso, tentando segurar o choro. Não posso suportar ver Rebecca, minha Rebecca, desse jeito. Eu cruzo a sala em passos largos, querendo oferecer um abraço, porque eu sei que é isso que as pessoas fazem, mas eu não posso. Então eu só me sinto inútil.

– Becks, eu queria ter avisado, eu teria ligado se pudesse – as explicações voam da minha boca e eu não sei bem porque, já que sem dúvida ela sabia que eu estava viva. Alguém tinha falado para ela. Certo? Mas Becks só sacode a cabeça e limpa as lágrimas dos olhos, sorrindo.

– Não se preocupe com isso, Kat. Eu quase fiquei doida quando você não voltou pra casa, mas Vlad ligou e eu fui te encontrar o mais rápido que pude.

– Foi me encontrar onde? – eu pergunto, confusa. Ela parece pensar melhor e indica uma cadeira.

– Por que você não senta? Roxie vai trazer café e doces. Eu preciso muito de doces no momento – quando ela diz isso, eu vejo traços da Rebecca que eu conheço, que come uma quantidade de açúcar que faria qualquer outro ser humano passar mal, sem o mínimo efeito.

Nós duas nos sentamos nas cadeiras de couro diante da lareira, mas desta vez eu não aprecio o conforto. A tensão nas minhas costas não é aliviada nem um pouco pelo luxo que me cerca. Rebecca me olha com um pouco de desconforto e eu não consigo entender como isso é possível, como é possível que duas pessoas que já dividiram um sofá em noites no fim de semana, assistindo a filmes e falando coisas sem absolutamente nenhum propósito, não tenham o que falar.

– Alôôôô? – Roxie entra na sala como um furacão de energia, seu sorriso branco quase me cegando na sala quente e alaranjada. Ela está carregando uma caixa rosa e três copos de café e larga tudo na mesa diante de nós, soltando um suspiro enquanto desenrola o cachecol do pescoço e sacode o cabelo. – Eu odeio usar essa quantidade de roupa, não vejo a hora do verão voltar. Eu sei que você odeia a falta de elegância do verão, Becca, mas eu adoro não ter que carregar sete peças extras de roupa pra comprar café.

Rebecca ri e pega um café, enquanto Roxie abre a caixa rosa e ataca um dos cupcakes que tira de lá. Eu não consigo me mover. Nunca me senti menos em casa do que neste momento. Rebecca percebe e, com um olhar triste, coloca o café de volta na mesa.

– Eu presumo, então, que você e Roxie se conhecem há algum tempo, *Becca*. – eu não tenho intenção de parecer maldosa, mas não consigo evitar a pontada de ciúme que me atinge de repente.

– Desde sempre, certo, Becca? – Roxie diz com um sorriso, olhando para Rebecca, que não retribui seu entusiasmo. Roxie para de sorrir e se encolhe na cadeira e Rebecca suspira.

– É, eu conheço Roxie há muito tempo. E Vlad. E Vince.

– Você faz parte disso então? Da Ordem? – Mesmo dizendo as

palavras, eu não consigo acreditar nelas. Rebecca só concorda, parecendo envergonhada.

– Mas seus olhos... – Os olhos de Rebecca não são como os meus ou os de Roxie, não são do formato felino e da cor violeta que caracteriza pessoas como nós. Então que tipo de pessoa ela é?

– Promete que você não vai surtar, ok?

– Becks, quando você pede para alguém não surtar, é basicamente uma garantia que isso vai acontecer.

Ela só me olha, torcendo o nariz, como se estivesse conversando com uma criança.

– Tudo bem – concordo, revirando os olhos. – Eu prometo.

Roxie sorri, se acomodando na cadeira, e Rebecca olha para mim uma última vez antes de abaixar a cabeça e tocar seus olhos, como alguém mexendo em lentes de contato.

O que, aparentemente, é exatamente o que ela estava fazendo, porque quando ela levanta sua cabeça de novo e olha para mim, eu tenho que segurar um grito. Seus olhos estão brancos, completamente brancos, sem íris ou pupila, ou nada, como algo de um filme de terror. Minhas mãos instintivamente voam até a boca e eu instantaneamente me arrependo, porque Rebecca se encolhe como se eu tivesse lhe dado um tapa.

– Eu sei – ela diz, triste. – É horrível.

– Não! – eu quase grito, e Roxie dá um pulinho, derramando café no tapete e me encarando como uma assassina. – Desculpe, eu só não estava preparada. O que... o que isso quer dizer?

– Becca é uma bruxa! – Roxie diz, empolgada.

– O quê?! – exclamo, sem saber muito bem por que isso me surpreende, depois de tudo que já vi. Depois de... *mim*.

– Maga, Roxie – Rebecca diz, como se já tivesse repetido isso um milhão de vezes. Roxie sorri de uma forma provocativa para Rebecca, mordendo seu cupcake em desafio. –Eu sou descendente de uma longa linha de magos, e não sou a primeira que você conhece, Kat.

– Não? Eu acho que teria me lembrado disso.

– O Chefe, Kat. No Noturno – ela diz.

Embora a informação de que o Chefe é um Mago – o que quer que isso queira dizer – devesse ser o que mais me choca nessa frase, é a ideia de que ela conhece o Chefe que faz com que eu finalmente organize minha cabeça e, por um instante, saber exatamente o que ser um "Mago" quer dizer se torna uma preocupação secundária.

– Você sabia, Becks? Esse tempo todo, quando eu mentia sobre ir trabalhar como bartender, você sabia que eu estava indo ao Noturno? Você sabia quem eu era? O que eu fazia? – Meus olhos se arregalam e eu olho para as tatuagens nas minhas mãos. – Você sabia *o que* eu era?

– Sabia. Eu teria falado alguma coisa, Kat, eu queria falar alguma coisa. Mas eu não podia, eu estava sob ordens e não queria colocar você em risco. Quando Vincent apareceu na escola, eu fiquei tão surpresa quanto você. Eu soube que a presença dele queria dizer que você estava em perigo. Eu não podia te avisar, não podia fazer nada, quase me matou quando você foi com ele para a festa da Faye.

– Você avisou Eric – eu digo, me lembrando de que nunca perguntei ao Eric como ele sabia onde eu estava naquela noite.

– E eu – Roxie diz, sorrindo. Rebecca a ignora.

– Esse tempo todo, Becks. Esse tempo todo você ficou comigo porque era seu trabalho?

– Não! Kat, não! – Rebecca arregala os olhos e move seu corpo todo para frente na poltrona, ansiosa. – Quando eu te conheci, sim, você era só uma missão, a mais importante que eu já tive. E eu estava assustada. Mas, depois disso, eu conheci você e eu posso garantir que tudo que fiz depois foi pra te proteger. Porque eu queria, não porque era meu dever. – Ela pausa, olhando para mim. – Você sabe que é verdade.

Eu sabia. Eu sabia que, independente da "missão" que Rebecca tinha recebido, ela não precisava colocar chocolates do lado da minha cama para que eu os achasse de manhã, nem comprar bolos de aniversário e presentes-surpresa. Ela não precisava me tratar com carinho. Mas ela tratou. E esse tempo todo eu me mantive afastada dela, com medo de que ela descobrisse o que eu era e me odiasse. E aqui estava ela, sorrindo com um copo de café nas mãos.

Eu sorrio para ela e Rebecca relaxa, seus ombros caindo quando ela responde ao meu gesto. Até mesmo seus olhos, que ainda são tão estranhos, parecem se suavizar um pouco. Ela estava com medo, com medo de que eu não fosse perdoá-la por mentir para mim, quando eu na verdade menti para ela muito antes. A situação era ridícula demais para ser verdade.

– O hospital então... – eu digo, tentando juntar os pedaços da Rebecca que eu conheço na minha cabeça. – Era uma fachada?

– Não – Rebecca diz, me surpreendendo. – Eu realmente faço trabalho voluntário no hospital, o máximo que eu consigo. O que é mais ou menos três vezes por semana. Menos, se eu preciso vir aqui. E menos ainda quando você resolveu voltar machucada toda vez que saía de casa.

– Becca é especializada em cura – Roxie diz, lambendo a cobertura dos cupcakes da ponta dos dedos.

– Eu consigo, digamos, absorver uma determinada quantidade de danos de uma pessoa e reparar algum problema, se não for letal. Eu não posso trazer ninguém de volta dos mortos, nem nada assim.

– Ah. – eu digo, e Rebecca cora um pouco.

– Eu não quis dizer... – ela murmura, um tom de desculpas na voz.

– Eu sei, Becks. – Ela olha para baixo, brincando com as mãos. – Isso quer dizer que o Chefe cura pessoas também? Meu Deus, eu *nunca* apostaria um tostão que aquele homem faria qualquer coisa por outro ser humano.

– Não – Rebecca diz, séria. – Meu círculo tem estudado cura desde antes desse país existir, mas o Chefe... eu não sei o *que* ele é, mas certamente ele não é um curandeiro.

– Seu círculo...

– Minha família – Rebecca explica. – Cada família tem uma especialidade, uma técnica que é passada de geração em geração. Meus antepassados eram curandeiros. Eu também sou.

– Isso quer dizer que você é como eu? Como a Roxie? – eu pergunto.

– Ah, não. Existem muitas coisas no mundo sobre as quais as pessoas não sabem. Você é uma delas. Eu sou outra. E você e Roxie não são iguais.

– É tudo terrivelmente complicado – Roxie intervém. – E nós podemos passar o dia todo tentando explicar e não chegar a lugar nenhum. O que você precisa saber, Kat, é que Becca é uma de nós e ela sempre vai ser. E a razão pela qual ela está com essa aparência quase mendiga é porque ela passou os últimos três dias cuidando de você e do Eric, então você pode imaginar...

– Roxie! – Rebecca interrompe finalmente, lançando um olhar de reprovação para a garota, que simplesmente dá de ombros e começa a rabiscar no copo de café.

– Becks, se eu soubesse...

– Kat, o meu trabalho aqui é cuidar de feridos e, sim, você é diferente. Eu nunca senti nada como o que eu senti tentando curar você, eu não achei que fosse conseguir.

– Ela quase morreu, é o que ela quer dizer – Roxie diz.

– Roxie, você se importa? – Rebecca quase grita, exasperada. Quando Roxie não responde, ela respira fundo.

A ideia de que Rebecca poderia ter morrido tentando me salvar é horrível demais para suportar. Eu me levanto da poltrona, horrorizada, e ando até a porta de vidro. Eu acho que estou tendo um leve ataque de pânico e não consigo respirar.

– Kat! – Rebecca vem atrás de mim e eu estou respirando cada vez mais forte, cada vez mais rápido e o quarto está começando a girar. É demais, é tudo demais. Rebecca era minha âncora, era o que me segurava no mundo real, o que me impedia de me perder nesse carnaval de atrações bizarras que é a minha vida. O que eu vou fazer sem ela? Como eu vou sobreviver aos próximos meses? Aos próximos anos?

Como se lesse meus pensamentos, Rebecca me gira para encará-la, segurando meus ombros com força e gentileza ao mesmo tempo. Ela olha nos meus olhos e é estranho, estranho olhar para aquele vazio branco, mas, de alguma forma, eu vejo Rebecca ali, vejo quem ela realmente é. Sem segredos.

– Eu não vou a lugar algum, Kat – ela diz, provando o quanto me conhece, o quanto ela sabe do que eu realmente tenho medo. De ficar sozinha.

Eu respiro fundo, fecho meus olhos e tento me acalmar, passando as mãos pelos meus cabelos e olhando para ela de novo.

– Você vai continuar tentando me enfiar em roupas ridículas? – eu pergunto, e ela olha para mim de cima abaixo, avaliando meus jeans e minha camiseta.

– Com certeza – ela responde, daquele jeito jovial e fresco que eu estou acostumada a ouvir, e eu a amo por isso. Por saber exatamente o que dizer.

– Isso quer dizer que nós podemos fazer compras? – Roxie pergunta, saltando da poltrona e pulando na mesa como um gato prestes a atacar.

– Eu acho que Vlad vai querer falar com ela antes. Ainda tem muita coisa que ela precisa saber – Rebecca responde, fazendo bico.

– Becks... – eu olho em volta e depois para ela de novo, lembrando-me de uma pergunta que foi esquecida no meio de tudo que aconteceu. – Onde nós estamos?

– Ah! – Roxie diz, claramente empolgada. Ela salta da mesa e gesticula em direção à sala toda, como um mestre de cerimônias que apresenta o espetáculo em um circo. – Esta é a Sede! É sua casa agora!

– Minha casa? – eu pergunto, porque é bom demais para ser verdade.

– O apartamento já foi esvaziado – Rebecca explica – e todas as nossas coisas estão aqui.

– Por quê? – eu pergunto, embora uma voz no meu cérebro esteja gritando para eu calar a boca antes que eu estrague a loteria que aparentemente acabei de ganhar.

– Vince quer você perto. Valentina está mais ousada do que nunca. Depois do que aconteceu na festa, eu duvido que nós possamos fingir que a bandeira branca ainda existe.

– A guerra – eu digo, me lembrando da trégua. Eu tinha matado alguém, eu tinha matado um membro da Legião, e agora eles querem a minha cabeça. A tontura volta com tudo e eu me sento no chão, tentando assimilar mais essa informação.

– É... – Roxie diz, olhando para a rua como quem procura um pássaro em um passeio no parque. – Chato.

– Kat, talvez seja melhor você se deitar – Rebecca sugere. – Eu posso levar você pro nosso quarto e...

– Não, eu já dormi demais. Três dias são mais que suficientes. – Rebecca sorri para mim, seus olhos cansados. – Espera. *Nosso* quarto?

***

Nosso quarto, como Rebecca disse, é nada menos do que espetacular. Duas camas de madeira escura, que provavelmente são grandes o suficiente para três pessoas cada uma, estão posicionadas lado a lado, lençóis cor de creme cobrindo os colchões que – tenho certeza – são maravilhosamente macios. Mesmo tendo dito que não estava cansada, tudo que eu mais quero fazer é saltar em uma daquelas camas.

O quarto tem uma lareira própria e três janelas em arco que, assim como na biblioteca abaixo, deixam entrar uma excelente quantidade de luz natural. Duas poltronas estão de frente para a lareira, cercando uma mesa com flores cor de rosa. As minhas malas velhas estão em um canto do quarto e as malas brilhantes e bem cuidadas de Rebecca, no outro.

Se todo este luxo deve servir como distração para evitar que eu pense em todas as coisas horríveis que fiz e ainda vou fazer, em todas as obrigações e favores que eu agora devo a essas pessoas, bom, está funcionando.

– Becks, sério? Nós vamos morar aqui? – Não sei dizer se minha voz parece nervosa ou animada. Talvez os dois. Eu certamente estou sentindo os dois. Eu quero correr escada abaixo tanto quanto quero desfazer minhas malas e declarar aquele quarto como meu território.

Rebecca simplesmente sorri, mas, antes que eu possa responder a seu gesto, seus lábios murcham e ela fecha os olhos, levantando as mãos para pressioná-los, sua pele ficando pálida de repente. Ela cambaleia, seus braços procurando por apoio, e, quando ela não encontra nada, eu percebo que vai cair. Meu primeiro instinto é correr até ela e segurá-la, mas meu treinamento de uma vida inteira me impede, sabendo que eu não posso tocá-la. Não sem provocar algo muito pior.

Felizmente, as mãos de Roxie estão livres e, em um único movimento de agilidade impressionante, ela segura Rebecca antes que ela caia no chão, seus olhos praticamente fechados.

– Becca – Roxie diz, sua voz suave, sacudindo o corpo de Rebecca de leve, mas ela não reage.

– O que aconteceu? – eu pergunto, nervosa. – Becks, você está bem? Quer que eu busque alguém?

– Eric, talvez – Roxie responde, um exemplo invejável de calma. – Eu não consigo colocar ela na cama sozinha e... bom... – Ela olha para mim, dando de ombros. Sei o que ela quer dizer, então saio do quarto correndo, sem ter a menor noção de aonde ir.

– Eric! – eu grito, sem me importar se estou incomodando outras pessoas na imensidão desta casa. – Eric!

Estou virando minha cabeça de um lado para o outro, tentando localizar as escadas de onde vim mais cedo, quando bato de frente com alguma coisa e caio de costas no chão.

– Kat, qual é o problema? – Eric tenta me dar as mãos para levantar, depois pensa melhor e agacha ao meu lado, tentando diminuir minha vergonha por estar no chão com as pernas para cima. Não funciona.

Ele está descalço, os cachos loiros molhados, usando uma calça de moletom que obviamente foi vestida com pressa e nada mais. Por um instante, eu não sei o que dizer e fico parada ali, meu queixo aberto. Felizmente, meu cérebro ganha dos meus hormônios e eu sacudo a cabeça, organizando minhas prioridades.

– Rebecca, ela... – eu não preciso terminar a frase, Eric fica sério e se levanta.

– Onde ela está? – ele pergunta. Eu só aponto para o quarto e ele marcha para longe, desviando-se de mim no caminho. Assim que eu recupero parte do meu orgulho e equilíbrio, ando de volta até o quarto e vejo que Rebecca já está confortavelmente debaixo das cobertas, mas seu rosto está ainda mais pálido do que antes. Até mesmo o dourado dos seus cabelos parece apagado. Eu nunca vi Rebecca assim, mas aparentemente, isso já tinha acontecido antes.

Será que durante todo esse tempo, depois de tudo que Rebecca fez por mim, eu nunca prestei atenção o suficiente para ver esses sintomas nela? Eu estava tão preocupada em esconder minha vida dela que nunca parei para pensar que ela pudesse estar escondendo algo de mim. Que ela pudesse estar precisando da minha ajuda.

– Ela vai ficar bem? – eu pergunto, me sentindo excluída quando vejo o jeito como Roxie e Eric olham para Rebecca, como se eles soubessem exatamente o que fazer. Eric olha para mim e acena com a cabeça.

– Vai. Ela só precisa descansar, não é a primeira vez que isso acontece – ele diz, afastando-se da cama. – E você? Como você está se sentindo? Eu sei que o choque da mudança é grande, mas Vlad insistiu que trouxéssemos você para cá o mais rápido possível.

É difícil acreditar que Eric esteja preocupado comigo quando Rebecca está bem ali, de cama.

– Ahm... eu estou bem, só um pouco surpresa, só isso. – "Um pouco". Claro. – Quanto tempo ela precisa ficar de cama? Tem algo que eu possa fazer?

– Dois, três dias no máximo – Roxie responde, sem sair de perto da cama. – Eu garanto que, assim que ela lembrar que tem provas essa semana, ninguém vai conseguir impedir que ela levante.

Provas? Que provas?

– Ela vai voltar pra escola? – eu pergunto, chocada, simplesmente porque a realidade de voltar para a Eastern quando tudo isso está acontecendo é absurda demais. Rebecca quase morreu. Eu quase morri. Eric, bom, aparentemente morreu por alguns minutos. Que provas?

– Nada é mais importante para Rebecca do que a educação dela – Roxie diz, parecendo só um pouco ofendida. – Eu achei que você soubesse disso.

Minhas bochechas coram. Eu sei disso, eu sei que a Rebecca que eu conheço quer estudar medicina e que notas são a coisa mais importante para ela depois de um guarda-roupa com bons acessórios, mas essa Rebecca que está na cama é a mesma que eu conheço? O quanto da personalidade dela foi só uma forma de me distrair?

A ideia de que depois de todo esse tempo eu possa não conhecê-la me deixa enjoada.

– Claro – eu respondo, como se fosse óbvio. – É só que eu pensei que, com ela nessa situação...

– Ela está sempre nessa situação –Roxie diz, seu tom descontraído. – O que ela faz requer muita energia, mas nada que uma barra de chocolate e um bom descanso não consigam consertar.

Então eu me lembro dos dias em que Rebecca perdeu aulas há alguns meses, das noites que ela dizia que ia passar com Brad. Todas essas vezes, era aqui que ela estava. Se recuperando. Se escondendo de mim como eu me escondia dela.

Rebecca se mexe na cama, gemendo de leve, seus olhos tremendo. Roxie dá uma risadinha e leva o indicador aos lábios, pedindo silêncio e indicando que devemos segui-la para fora do quarto. Nós obedecemos. Assim que chegamos ao corredor, ela fecha a porta suavemente, se alongando e esfregando as mãos uma na outra.

– Ok então! Que tal fazer o tour? – ela pergunta, seu olhar indo de

Eric para mim e de volta para Eric. – Talvez você queira parar na sua casinha antes, totó?

Eric parece finalmente perceber que está sem camisa, com os cabelos pingando. Ele bufa e marcha em direção ao seu quarto, enquanto Roxie pisca para mim como se tivéssemos acabado de compartilhar uma piada interna.

– Então, Mortícia – ela diz, olhando para mim. – O que você quer ver primeiro?

– Não sei. As masmorras? – eu digo, só meio brincando. O que esta casa e a Ordem podem ter escondido? Tudo está realmente aberto para mim agora? Eu duvido.

– As masmorras estão fechadas para reforma – Roxie responde, sorrindo. – Que tal ver a vizinhança?

Antes que eu possa responder, Roxie segue no corredor em direção à próxima porta, ao lado de onde tínhamos acabado de deixar Rebecca – meu quarto, por mais que seja estranho me acostumar com isso. Ela me dá um sorriso antes de abrir a porta, como uma apresentadora de *game show* revelando o que está atrás da cortina número um.

E eu imediatamente entendo o porquê.

O meu quarto e de Rebecca é maravilhoso, mas totalmente nu, nada além dos móveis que nós precisamos e nossas malas. Mas Roxie obviamente teve tempo de deixar este lugar com a sua cara.

As paredes estão cobertas de desenhos feitos com tinta preta – rostos, lugares, animais, objetos. Sua cama está coberta por lençóis roxos desarrumados e várias de suas roupas estão espalhadas pelas cadeiras. Uma mesa perto da janela está coberta de papéis e tintas, a bolsinha que Roxie sempre usa na cintura dependurada no puxador de uma gaveta.

É o quarto com mais personalidade que eu já vi na minha vida. Entrar ali é como conhecer Roxie pela primeira vez, suas paixões e medos pregados nas paredes, abertos para qualquer um ver. Bom, qualquer um que consiga entrar ali, claro.

– Ta-da! – ela diz, obviamente orgulhosa da sua decoração. E ela deveria estar. Seus desenhos são maravilhosos, tão sinceros e simples, os traços feitos com sentimento. Eu fico feliz em saber que o mesmo talento que a colocou na Ordem não serve só para lutar e destruir. Ela o usa para criar.

Talvez haja uma lição aqui que eu preciso aprender.

– Legal, hein? – ela diz, colocando as mãos na cintura e olhando em volta. – Demorou *muito* tempo pra convencer o Vlad a me deixar fazer isso, mas eu sou *extremamente* convincente. – ela diz isso piscando os olhos exageradamente para mim, seus lábios fazendo bico. Eu não consigo não rir.

– Você não divide o quarto com ninguém? – eu pergunto, passando meus dedos pelos traços de uma menina correndo. Roxie não responde. Quando eu me viro para olhar para ela, ela não está mais sorrindo.

– Não – ela responde, amarrando sua bolsa na cintura e olhando pela janela por alguns segundos. Quando ela se vira para mim de novo, o sorriso está de volta. É como se uma nuvem escura tivesse passado pelo seu rosto. Eu sorrio também, não querendo que ela se sinta desconfortável, mas ela parece ter se recuperado e me chama para continuar o tour.

Aparentemente, nem todos os quartos da Sede são tão acessíveis quanto os de Roxie. A maioria deles nem sequer é ocupada por pessoas. Tenho a impressão de que os moradores desta casa são, na maioria dos casos, temporários e suas estadias são extremamente breves. Vlad é o único que esteve aqui desde que a casa começou a funcionar como a Sede, mas Roxie e alguns outros fizeram da Sede sua casa, pelo simples fato de que eles não tinham para onde ir. Ela me conta como pretende ser uma ilustradora profissional e que, assim que conseguir o dinheiro necessário, irá alugar seu próprio apartamento.

Quando eu pergunto o porquê de eu e Rebecca estarmos aqui quando nós já tínhamos um apartamento, ela dá de ombros e diz que esse é o tipo de pergunta que eu devo fazer para Vlad, quando ele voltar do que quer que esteja fazendo. Eu não forço a barra.

Poucos dos aposentos da casa que deveriam ser utilizados como quartos realmente são. A maioria dos "residentes" divide seu espaço e o restante é ocupado por coisas como a biblioteca que eu vi no primeiro andar, salas de arquivos, de treinamento, até de meditação. Muitas portas estão trancadas e eu prefiro não perguntar o porquê, mas uma porta dupla de madeira no terceiro andar chama minha atenção demais para que eu fique calada.

– O que tem aqui? – eu pergunto.

– Vlad – ela responde, simplesmente. – Ele tem um quarto no segundo andar, mas, francamente, eu nunca nem vi a cama dele desfeita. Nós temos uma aposta por aqui que ele realmente não dorme, só passa o tempo inteiro dele dentro deste escritório, fazendo Deus sabe o quê.

– Vocês nunca perguntaram?

Roxie ergue as sobrancelhas devagar para mim, como se não acreditasse que eu pudesse sequer sugerir aquilo, e segue em frente, não se importando em dizer mais nada.

Apesar da beleza dos corredores, da riqueza dos aposentos e do luxo das escadarias – que eu estou absolutamente exausta de descer e subir – é a última coisa do tour que chama minha atenção.

O último andar da casa é um jardim a céu aberto, apenas uma porção dele coberta por um telhado de vidro. Mesmo no inverno as folhas das árvores estão verdes, e as rosas, acostumadas com o rigor do frio, estão florescendo em uma cama de terra que cerca o lugar. Eu tremo quando o frio da noite me atinge, mas não consigo resistir a caminhar por entre as plantas, sentindo o cheiro de terra que é tão raro em Nova York.

Eu ando até a beirada do telhado, olhando para a rua abaixo de nós. Está tudo tão silencioso, tão diferente, e eu não consigo dizer se o sentimento de tranquilidade é por causa do jardim ou porque eu talvez tenha achado um lugar onde não preciso me esconder. Pela primeira vez, em quase dezoito anos.

Roxie não diz nada, só se acomoda no parapeito ao meu lado, suas pernas cobertas por meias listradas sacudindo no ar. Nós ficamos ali por um tempo que eu não conseguiria medir, simplesmente olhando para o céu, para as luzes distantes da cidade que nunca dorme.

Eu estou vagamente consciente de Roxie dizendo que vai descer e que eu deveria descer também para jantar, mas eu não estou pronta para entrar. Alguma parte de mim, talvez uma parte irracional, sabe que, no momento em que eu voltar para dentro daquela casa, alguma coisa vai começar. Que esse dia de apresentações e tours e risadas foi só uma forma de me distrair do fato de que algo maior do que isso está acontecendo lá fora, lá onde aquelas luzes estão brilhando com tanta intensidade.

E eu só quero ficar aqui, vendo cada minuto passar, e nunca mais sair deste jardim.

3

Quando eu finalmente resolvo me juntar ao mundo dos vivos, Roxie está me esperando na cozinha, um dos aposentos mais bonitos e aparentemente menos usados da casa. As paredes de azulejos brancos e pretos e os utensílios de aço escovado dão ao lugar um tom moderno que faz com ele destoe do resto da casa. Sem dúvida alguma foi reformado recentemente.

Roxie está sentada na balcão tipo "ilha" no meio da cozinha e Eric está sentado na mesa de quatro lugares – já que a de doze lugares ficava na sala de jantar vizinha, nem um pouco moderna e muito mais luxuosa, com lustres de cristal e balcões de mogno – acompanhado de outros dois garotos e uma garota.

– Nós vamos pedir uma pizza – Roxie diz, segurando o telefone na orelha com o ombro enquanto rabisca algo no próprio braço. – Você gosta de quê?

– Ahm, tanto faz – eu digo, porque o que mais eu deveria dizer? Que eu não gosto de azeitonas, mas adoro anchovas? Eu sou nova aqui, e isso já aconteceu vezes suficientes em lugares para saber que é melhor guardar minhas opiniões para mim mesma.

Eric puxa uma cadeira ao seu lado e faz sinal para que eu me sente, do mesmo jeito formal com que ele faz tudo, como se a vida fosse uma obrigação. Eu me sento, terrivelmente desconfortável, e escondo minhas mãos debaixo da mesa, no meu colo, enquanto olho em volta, um sorriso torto nos meus lábios.

Meu sorriso amarelo rapidamente desaparece quando eu reconheço a garota ao lado de Eric. A razão pela qual eu não a reconheci é simples: ela não está coberta de sangue e eu não a estou vendo através de vidro estilhaçado. Ela é a Deslocadora que me salvou quando eu estava prestes a despencar da cobertura de Valentina. Será que ela se lembra de mim?

– Kat, essa é Lila e eles são Sam e Nick. – Os três acenam para mim e eu sorrio de volta. Lila tem cabelo loiro bem curto, repicado acima das orelhas, e olhos alongados. Seus traços lembram o de uma fada, mas sua camiseta e unhas pretas e os jeans rasgados contradizem sua aparência inocente. Sam e Nick são opostos exatos. Sam é alto, com ombros largos, mãos enormes e cabelo raspado em estilo militar. Nick é provavelmente mais baixo do que eu e não deve pesar mais de sessenta quilos. Seu cabelo escuro vai quase até os ombros e seus braços são cobertos de tatuagens.

– Lila... – eu começo, mas não sei bem o que dizer. Infelizmente não existem cartões nas lojas de presente que dizem "Obrigada por salvar minha vida" e eu não tenho confiança nas minhas habilidades interpessoais para acreditar que não vou fazer papel de idiota se abrir a boca.

– Eu sei o que você vai dizer, Katherine, mas não se incomode – Lila diz, fazendo um isqueiro flutuar diante dela de forma distraída. – Se cada um aqui fosse agradecer cada vez que salvamos a vida um do outro, nós nunca faríamos mais nada da vida.

Por um instante eu acho que ela está tentando me deixar envergonhada, mas todos na mesa riem de forma sincera, inclusive ela, que pisca para Nick de forma sugestiva antes de se unir ao coro de risadas. Eu fico um pouco sem graça, como se estivesse de fora da piada, mas Roxie assente para mim e eu me sinto melhor. Ela termina de fazer o pedido das pizzas no telefone e, menos de meia hora depois, nós estamos comendo juntos. Eles conversam e eu apenas escuto o que dizem, casos que seriam bizarros demais para ser divididos em qualquer outro lugar, mas que aqui são parte da rotina.

Aparentemente Nick também é um Deslocador, e foi assim que ele conheceu Lila. Eles tinham estudado juntos e, um dia, quando Lila tinha ficado até mais tarde na escola, ela o tinha visto pendurando decorações no ginásio sozinho. Isso seria normal se ele não estivesse pendurando posters a dez metros do chão sem escadas. Isso foi há dez anos e eles ainda estão juntos.

– Eric nos recrutou há seis anos – Lila diz, sorrindo para Eric. – Nick sempre disse que, se nós dois existíamos, outros tinham que existir também. Eu nunca acreditei até Eric sentar do meu lado em Trigonometria. Quando eu vi seus olhos, quase caí da cadeira.

– Eu lembro – Nick diz. Eles voltam a rir juntos.

– É isso que você faz então, Eric? Recruta almas perdidas? – eu pergunto, sorrindo. Eric coloca seu pedaço de pizza no prato.

– Eu faço o que Vlad pede – ele responde, curto e grosso como sempre.

– A verdade é que Eric é o mais carismático do grupo –Roxie intervém, a boca cheia de pepperoni. – Vlad acredita que ele consegue vender areia no Saara. É impossível resistir ao seu charme angelical, certo, totó?

Quando Eric torce o nariz o grupo todo ri, mas eu não consigo me juntar a eles dessa vez. Alguma coisa está me incomodando. Talvez, estupidamente, eu tenha acreditado que Eric *quis* me recrutar, que ele foi atrás de mim porque tinha visto algo de especial. Mas era o seu trabalho, ser charmoso e carismático com todas as pessoas que ele conhecia. Eu não era especial.

– É isso que Vince faz também, certo? – eu pergunto, prestes a morder minha fatia de pizza, mas o silêncio que cai sobre a conversa faz com que eu pare. Ninguém está rindo mais, especialmente Eric. Depois de alguns segundos ele se levanta e pede licença, saindo da cozinha em passos largos.

– Desculpa, eu...

– Kat, não se preocupe – Roxie diz, vindo sentar na cadeira ao meu lado. – Eric é... sensível quando se trata de Vince.

– Por quê? – eu arrisco, embora sinta que já estou pisando em ovos.

– Eles eram amigos – Sam diz, sua voz grossa e profunda. – Quando conheci Vince, eu ainda estava trabalhando no Onyx.

O Onyx. Então Sam é como eu, ele vendeu seus talentos para clientes antes de ser encontrado pela Ordem. É um alívio saber que eu não sou a única com um passado criminoso.

– Vince e Eric estavam sempre juntos. Na época eles ainda não tinham sido escolhidos para nenhum lado, mas qualquer um que conhecesse um dos dois sabia que eles nunca fariam nada que os separasse. Mas isso foi antes da Natalie aparecer.

Roxie torce o nariz quando Sam menciona Natalie, mas ele continua.

– Ela recrutava para a Legião na época. Claro que nem Vince nem Eric sabiam disso ou mesmo o que a Legião era, mas os dois se apaixonaram por ela tão rápido, era um sinal de desastre. A dupla tinha virado um trio e Natalie adorava a atenção que ela recebia dos dois. Sinceramente, eu acho que ela esticou a sua missão por muito mais tempo do que deveria, mas ela era assim, o maior ego que eu já vi.

Um pouco involuntariamente, eu sorrio. Suponho que seja um impulso egoísta ao saber do defeito de uma mulher pela qual Eric já se apaixonou.

– Quando o assunto da Legião surgiu – Sam continua –, Eric e Vince ficaram muito interessados. Claro que estavam animados por descobrir que existia um lugar com muitas pessoas como eles, mas, acima de tudo, desesperados para agradar Natalie. Mas quando eles começaram a entender mais sobre como a Legião funcionava, sobre o que eles realmente queriam, Eric começou a ficar desconfortável. Ele tentou explicar para Vince por que ele achava que eles deviam pensar melhor sobre aquilo, mas Vince, mais do que cego de amor por Natalie, estava cego pela ideia de ser superior, de poder viver fora das sombras e mostrar finalmente o quanto ele era especial. Não ajudou que Natalie, desde o instante em que eles a conheceram, estivesse jogando um contra o outro, provocando acessos de ciúmes e ressentimentos.

A ideia de que Eric tenha se sentido atraído por uma pessoa tão desprezível parece estranha e eu começo a me sentir ainda pior. Mas Sam não para.

– Quando Vince disse que ele ia se juntar à Legião, Eric tentou convencê-lo de que havia alguma coisa errada. Mas, depois de meses de planejamento, Natalie sabia exatamente o que dizer para convencer Vince. Ela disse que Eric tinha tentado fazer com que eles fugissem juntos e deixassem Vince para trás, que ele tinha tentando agarrá-la mesmo quando ela disse que estava apaixonada por Vince. Eric mal pôde acreditar que ela pudesse inventar uma história assim, mas, pior do que isso, ele mal podia acreditar que Vince estava engolindo absolutamente tudo que estava ouvindo. Ele foi traído duas vezes naquela noite.

– Até onde eu sei – Roxie interrompe – Vince tentou matar Eric naquele dia. E ele quase conseguiu. Por mais que Eric se sentisse traído e enganado, ele não era tão frio a ponto de simplesmente reagir ao ataque com força o suficiente para matar Vince. Até hoje eu não sei se ele é. Eles foram quase irmãos por tanto tempo, deve ser difícil pensar nele morto.

– Não é difícil para Vince – Sam diz, suas sobrancelhas curvadas de raiva.

– E é por isso que eles são diferentes, Sam – Roxie responde, tranquilamente.

– O que aconteceu com a Natalie? – eu pergunto, torcendo para que a resposta seja algo do tipo "ela morreu".

– Até onde eu sei, ela ainda está na Legião. Mas ela não está mais em Nova York. Francamente, eu não ligo – Sam diz. Ninguém discorda, e eu sinto que é melhor não fazer mais nenhuma pergunta. Ao invés disso eu peço licença, agradeço pelo jantar e dou boa noite. Roxie me acompanha até o meu quarto, se despede e eu fecho a porta atrás de mim quando ela vai embora.

Rebecca ainda está dormindo, mas a cor das suas bochechas parece melhor. Eu ajeito sua coberta antes de me trocar e me enfiar na minha própria cama, e não demora para que o conforto dela, combinado com a exaustão do dia, me dominem e eu durma.

* * *

Antes que eu possa me ajustar ao meu novo lar e à minha nova vida, o fim de semana acaba e eu sou arrastada de volta para a velha parte da minha rotina. A verdade é que os corredores da escola, que sempre me pareceram idiotas e inocentes, são agora ainda mais. As pessoas estão dominadas pelo fervor das férias de Natal que se aproximam, mas eu não consigo me juntar à alegria generalizada, porque existe um rosto que eu passo a manhã toda procurando, um rosto que eu estou, francamente, esperando não ver: o de Vince.

Eric me explicou que, assim como a dele, a função de Vince era ajudar a recrutar pessoas como eu e que, agora que eu tinha escolhido a Ordem, ele não tinha mais motivos para permanecer perto de mim. Mas eu pude ver em seus olhos que ele não acreditava cem por cento que Vince fosse desaparecer com tanta facilidade. Ele não gostava de perder, especialmente para Eric. Então, aqui estou eu, olhando em volta como um pássaro assustado, sem prestar a mínima atenção ao que faço em meu próprio armário.

– Kat – Rebecca sussurra ao meu lado. Ela se recuperou durante o fim de semana e está de volta ao seu estado normal de hiperatividade e necessidade de brilhar em todos os testes que temos essa semana – para os quais, obviamente, eu não me preparei. – Você precisa se concentrar.

– Becks – eu digo, batendo a porta do armário com força –, eu *realmente* espero que você não esteja me lembrando pela milésima vez *hoje* que eu tenho mais ou menos dez exames até o fim da semana, porque sinceramente, saber disso não me ajuda nem um pouco.

– Eu só estou dizendo que é o seu futuro, Kat. – Ela dá de ombros, ajeitando a própria bolsa.

Eu reviro os olhos sem dizer nada, mas nem sei se vou sobreviver até o fim do ano. Fica difícil colocar a importância de provas de literatura e matemática em perspectiva. Mas ao menos o desespero que me assola quando eu passo os olhos pelas provas faz com que eu esqueça as ameaças externas. Nada como um novo problema para fazer você esquecer o antigo.

Quando o fim do dia chega, meus olhos estão vermelhos e eu vejo letras e números onde quer que eu olhe. Se eu nunca mais visse um teste na minha frente, seria ótimo. Uma pena que eu ainda tenho quatro dias disso antes de ser liberada por algumas semanas.

Rebecca me encontra na saída quando termina seus próprios testes – ela sempre demorou mais do que eu a terminar, provavelmente porque está ocupada pensando e escrevendo as respostas certas enquanto eu aceito a minha derrota no campo acadêmico com bastante facilidade. Ela está sorrindo quando caminha em direção às portas e eu sacudo a cabeça, sempre surpresa por essa reação. Becks nasceu para isso, para fazer provas, ler livros, estudar por horas e horas todos os dias. Ela se sente confortável, e eu fico feliz que ela tenha esse objetivo, especialmente agora que eu sei a verdade sobre sua natureza.

Ela desce a escada da entrada de Eastern High em pulinhos enquanto eu a sigo como se meus pés fossem feitos de chumbo. Mas, quando eu me viro para exigir que ela fique um pouco menos feliz e simpatize com a minha miséria, eu vejo que seu rosto está sério, e ela está olhando diretamente para frente.

Eu sigo seus olhos e quase tropeço na escada. Um Rolls Royce preto está parado na rua e um homem está de pé diante dele, num terno elegante que obviamente foi cortado para servir em seu corpo alto e magro. A camisa preta está fechada até o último botão, mas ele não está usando uma gravata e seu cabelo cor de fogo o faz parecer uma criatura de outro mundo.

– O que Vlad está fazendo aqui? – eu sussurro, com um medo irracional de que ele possa me ouvir. Rebecca não responde, só caminha até ele como uma pessoa hipnotizada, mas o sorriso que Vlad dá para ela é genuíno. Ele fala meia dúzia de palavras enquanto eu ando devagar até eles, e vejo que algumas pessoas estão começando a reparar no homem ruivo de terno caro que está falando com Rebecca.

Eu só escuto as últimas palavras quando finalmente chego perto deles.

– ... ele está esperando na esquina. Nós não queríamos que ele fosse visto aqui, já que o seu rosto é conhecido, mas ele vai te levar para casa.

– Quem? – eu pergunto, como se fosse totalmente normal me intrometer na conversa alheia. Os dois olham para mim por alguns segundos como se eu fosse uma espécie desconhecida até que Rebecca responde.

– Eric. Ele está esperando pra voltar pra Sede.

– Ah, ok. Nós podíamos pegar o metrô, mas eu não vou reclamar de uma carona.

– Na verdade – Vlad diz –, você vem comigo, Kat.

Eu não acho que Vlad seja um cara mau, de verdade, eu confio nele. Mas, mesmo assim, a ideia de entrar naquele carro e ir com ele para qualquer lugar me dá arrepios. Talvez seja porque ele me lembra demais Valentina, talvez seja porque ele é caloroso como um picolé, não importa.

– Ok. Por quê? – eu pergunto, e Vlad parece genuinamente surpreso por eu estar questionando seus motivos.

– Nós temos algumas coisas para fazer – ele responde. *Grande* ajuda. – Rebecca, eu vejo você mais tarde. Katherine – ele diz, apontando para o carro.

Rebecca me dá um sorrisinho amarelo e sai marchando em direção ao lugar onde, supostamente, Eric a está esperando. Não querendo despertar o lado mais dramático de Vladimir, eu dou a volta no carro e entro no banco do passageiro.

Ele desliza elegantemente no banco do motorista e arranca sem dizer uma palavra. Eu sou esperta o suficiente para não perguntar onde estamos indo e, enquanto cruzamos ruas e avenidas, procuro olhar para os prédios, as pessoas, diretamente para a frente, qualquer lugar que não seja o rosto de Vladimir. Talvez ele seja bem-intencionado, mas isso não quer dizer que eu me sinta confortável na sua presença.

Nós paramos, inesperadamente para mim, na entrada do Central Park. Depois de todos os apartamentos escondidos, armazéns e becos onde eu me encontrei com membros da Ordem, eu esperava algo mais discreto e menos... aberto. Com menos pessoas também. Eu sempre gostei do Central Park, é um dos únicos lugares na cidade onde eu não me sinto claustrofóbica, onde eu não preciso passar cada minuto preocupada em não tocar alguém. É um oásis no meio da cidade, e nem mesmo a fama de violência depois do pôr do sol faz com que eu evite o parque.

Vladimir estaciona o carro em uma das ruas perto do parque, alisando o terno antes de acionar o alarme e indicar que eu devo segui-lo. Nós escolhemos um dos caminhos que serpenteiam por entre as árvores e eu caminho ao lado – na verdade um pouco atrás – de Vladimir durante tempo suficiente para que a situação fique bastante estranha. Mas ele não parece se importar.

– Ahm... – eu digo, quando passamos por um grupo de turistas, não conseguindo. – Onde exatamente nós estamos indo?

Vladimir dá um sorrisinho e fecha os olhos por um instante.

– Lugar algum, Katherine – ele diz, como se minha pergunta fosse terrivelmente engraçada. Legal. – Eu tenho algumas coisas para discutir com você e pensei que seria bom se caminhássemos juntos. Eu sempre gostei do parque. Você?

– Ah... eu também. Discutir o quê? – eu estou realmente perdendo a paciência com a forma críptica e vaga de Vladimir fazer as coisas.

– Katherine...

– Kat – eu interrompo. – Ninguém me chama de Katherine. – Ninguém que eu goste, ao menos.

– Kat – ele diz, parecendo testar o apelido. – Sem dúvida você já entendeu que você é muito importante para nós. E para outras pessoas também. Você entende o porquê?

– Porque matar pessoas é uma habilidade extremamente útil no mundo imbecil em que vivemos? – eu digo, sorrindo como uma criança que recita algo que memorizou. Vladimir não parece achar minha piada divertida.

– Porque você é única. Ao contrário de todos nós, você não pode ser substituída.

Eu deveria estar lisonjeada por Vlad dizer que eu sou única, mas o fato dele achar que outras pessoas podem ser substituídas faz com que eu torça o nariz quase involuntariamente. É exatamente o tipo de coisa que Valentina diria. Vladimir parece perceber que sua afirmativa me chateou. Ele para, suspirando e ajeitando o cachecol cor de vinho antes de continuar.

– Eu não quis dizer que eu não me importo com as outras pessoas. A Ordem é minha família, que isso fique muito claro. – Seus olhos violeta parecem estar em chamas quando ele diz isso. – Você se lembra de quando me perguntou se era a última Ceifadora e eu disse que não conhecia nenhuma outra?

Eu aceno, não confiando em mim mesma para falar, temendo que eu possa ofendê-lo de novo.

– Eu não fui completamente claro sobre isso. E, eu presumo que minha irmã também não tenha sido. Você é a última, Kat. Todas as Ceifadoras são as últimas.

– O quê? – eu não queria falar, mas estou extremamente confusa.

– Sua mãe, Selene, era a última antes de você nascer. Só pode existir uma Ceifadora no mundo. Quando sua herdeira nasce, seus poderes passam para ela e a Ceifadora...

– Morre – eu digo, finalmente entendendo.

– Não imediatamente – Vladimir diz. – Ela enfraquece durante alguns anos enquanto sua herdeira se fortalece e os poderes são oficialmente transferidos quando a nova Ceifadora atinge a adolescência.

– Mas... – eu digo, hesitante. Alguma coisa sobre isso não parece certa. Eu descobri que podia fazer o que faço quando era muito pequena. Vladimir parece ler meus pensamentos e responde à pergunta que eu ainda não fiz.

– Se a Ceifadora anterior morre antes da nova atingir a idade certa, os poderes são transmitidos imediatamente.

Minha mãe. Selene. Eu não sei bem o que sentir. Por um lado, eu fico feliz por não ter sido a causa de sua morte, não ter sido responsável – diretamente ao menos – por fazê-la enfraquecer por anos e morrer, doente. Mas, por outro, eu me pergunto: o que aconteceu com ela?

– Por que me contar isso agora, Vladimir? – eu pergunto, um pouco de raiva na minha voz.

– Eu quero que nós sejamos honestos um com o outro, Kat. Eu quero que você confie em mim, porque os próximos meses não vão ser fáceis.

– Porque os últimos dezoito anos foram moleza.

– Agora você entende o que eu quis dizer? Os outros membros da Ordem sabem cuidar de si mesmos, a maioria tem treinado por anos, eles controlam suas habilidades e sabem outras técnicas de combate. Eles têm pessoas como eles que podem ajudá-los, ensinar o que precisam saber.

– E eu não tenho ninguém – eu digo. Vlad para por um instante, mas não diz nada.

– Além de tudo isso, eu posso garantir que a Legião não está tão interessada em nenhum de nós como eles estão em você. Eric não pode te vigiar o tempo todo, você precisa aprender a cuidar de si mesma.

– Eu sei cuidar de mim mesma, Vladimir. Eu estive sozinha desde que nasci e ainda estou viva.

– Você viveu sua vida inteira nas sombras, matando por dinheiro. Ninguém que importava sabia quem você era. Você sabe se defender de quem? Dos políticos gordos que tantas vezes foram suas vítimas?

– Se você me trouxe até aqui para me insultar, eu acho que já cumpriu sua missão. – Eu me afasto dele, pisando com força no pavimento abaixo de mim, sabendo que não há ninguém por perto.

– Eu a trouxe aqui para contar o que você precisa saber – ele diz para as minhas costas. – E para começar seu treinamento, que já está mais do que atrasado.

Isso faz com que eu pare. O último "treinamento" que eu tive foi com Valentina e, no fim, eu me senti mais controlada do que no controle. Eu me viro de volta para Vladimir, mas não caminho até ele.

– E você pretende treinar aqui? – pergunto, gesticulando para os nossos arredores. – Discreto.

– Parte do seu treinamento será feita aqui, sim – ele diz, sério e sem nenhum sinal de ter ficado embaraçado pelos insultos. – É um dos lugares com a maior quantidade de vida na cidade. É perfeito.

– É cheio – eu devolvo, não convencida.

– Não se preocupe com isso. Todos os dias depois da escola você vai me encontrar aqui. Depois disso, você vai voltar para a Sede, estudar durante duas horas e fazer o treinamento físico. Eric e Roxie vão cuidar dessa parte. Depois do jantar, o tempo é seu.

– Que generoso.

– Katherine – Vlad diz, claramente impaciente –, isso não é uma punição. Não é um castigo nem uma lição que eu estou tentando te ensinar. Isso é para você, para a sua proteção e a nossa. Você pode controlar sua habilidade.

– É, Valentina disse isso também – eu digo, meio que para mim mesma. Assim que as palavras saem da minha boca, eu percebo que foi um erro. Vladimir cobre a distância entre nós em dois passos, até que seu rosto esteja perto o suficiente para que a diferença de altura entre nós fique óbvia.

– Eu quero te ajudar, Katherine. Eu realmente quero. Mas que fique claro que, se você me comparar com Valentina uma única vez, eu não vou ser tão generoso. Nós tivemos a infelicidade de nascer na mesma família, mas isso *não* significa que nós somos iguais. Está claro?

Não consigo pensar em uma forma boa de responder a essa pergunta, então eu simplesmente concordo com a cabeça. Vladimir fica me olhando por tempo suficiente para que eu me sinta encurralada, antes de relaxar sua postura e alisar as rugas invisíveis no seu terno.

– Vamos começar então.

Nós andamos mais um pouco pelo caminho de pedra, até uma área que normalmente não é vista pelos turistas. O Central Park é enorme, e as atrações nele garantem que as pessoas, em noventa por cento dos casos, façam sempre o mesmo caminho.

– Você tem quase dezenove anos, Kat. Quanto mais velha você ficar, mais difícil será aprender a controlar o que você pode fazer, assim como é mais difícil para um adulto aprender uma nova língua do que é para uma criança. Isso significa que nós não podemos te jogar no desafio mais complexo logo de cara.

Vladimir passa suas mãos por vários botões de rosas, uma das poucas plantas que ainda estão coloridas no inverno.

– Muitas pessoas esquecem que plantas são organismos vivos e complexos. Talvez não tão complexos como animais ou seres humanos, mas ainda assim, elas possuem energia vital que você deveria ser capaz de sentir e manipular.

– Eu não sinto nada– respondo.

– Você nunca tentou, e o nosso problema começa aí. Antes de querer controlar o que você faz, você precisa entender o que isso significa. Feche os seus olhos, esvazie sua mente...

– Nós vamos meditar? – eu pergunto, sorrindo. Vladimir não se junta a mim. Tudo bem então, sem piadas.

– Esvazie sua mente – ele repete.

Suspirando, eu fecho os olhos e tento não pensar em nada, sacudindo meus ombros e alongando meus braços. Infelizmente, não pensar em nada é impossível. Em menos de dez segundos eu já sei que isso vai ser um desperdício do meu tempo.

– Eu não sinto nada – digo.

– Pare de tentar. Feche os olhos.

– Mas eu... – Vladimir me olha de um jeito que indica que ele não quer discussão. Eu bufo e fecho os olhos de novo.

– Você consegue se lembrar dos seus arredores? – ele pergunta. Eu concordo em silêncio. – Eu quero que você imagine como esse lugar seria no mundo dos mortos.

– O quê? – eu pergunto, tentada a abrir meus olhos.

– O nosso mundo é um reflexo daquele mundo. Você sabe disso, porque já esteve lá, estou errado?

Eu sacudo a cabeça porque não, ele não está errado, mas eu nunca tinha pensado nisso dessa forma.

– Então se alguém tivesse morrido aqui, agora, se você tivesse matado alguém, o que você veria? Onde seu espírito iria?

Por mais doloroso que isso seja, eu tento imaginar a situação que ele acabou de descrever. Como aconteceu com a Metamorfa depois da festa da Faye, ou com o garoto no metrô. Aquele mundo em que eu parecia poder entrar quando quisesse, embora nunca fosse realmente o meu desejo. Um mundo do qual eu não sabia bem como sair.

Para a minha surpresa, eu consigo ver. Mesmo com os olhos fechados eu estou cercada daquele cinza, branco e preto que já vi tantas vezes. Mas desta vez eu não estou perseguindo nenhuma alma, nem tentando escapar, porque eu não estou realmente lá. Eu ainda consigo sentir o peso do meu corpo, o frio do vento e a umidade nas minhas botas.

Mas de alguma maneira minha mente está lá, e as rosas vermelhas bem ao meu lado são brancas agora. Eu consigo ouvir a voz de Vladimir, mas é como se ele estivesse falando embaixo d'água ou dentro de um copo. Ele está me pedindo para observar as diferenças e me concentrar mais. O que eu vejo?, ele pergunta.

Eu olho para os meus pés e, de alguma forma, eles parecem diferentes do que o pavimento de pedra sobre o qual eu estou pisando. Uma luz fraca, como se fosse vista através da névoa, pulsa de dentro deles. Quando eu me viro para as rosas, eu percebo que elas têm a mesma diferença, uma energia fraca e quase invisível, mas distinta do resto.

Sorrindo, eu olho em volta. As árvores, mesmo nuas e esqueléticas, as flores, mesmo pálidas, e a terra abaixo delas, tudo está pulsando com essa luz. É como se algumas coisas estivessem em movimento e o resto não passasse de uma fotografia. Pela primeira vez na minha vida, eu penso que talvez possa ver algo que ninguém mais pode e que isso não precisa ser algo ruim.

Um esquilo sai do meio das flores e eu me assusto um pouco. Tudo ao meu redor desaparece, e eu abro os olhos, as cores do mundo real voltando aos poucos, como se eu tivesse olhado tempo demais para o Sol. Estranhamente, eu me sinto sem fôlego, embora não tenha me movido. Vlad dá um passo preocupado em minha direção, mas, quando eu sorrio, ele para.

– Eu me assustei – eu digo, sentindo a necessidade de me explicar.

– Vamos tentar de novo.

Eu concordo e faço o mesmo. Encontro a ligação entre os dois mundos até que a memória de onde estou se torne um retrato em preto e branco. Vez após outra repito o mesmo processo, e, cada vez que eu sou bem sucedida, a energia do que é vivo parece mais vívida e clara. É demorado e difícil, e, depois de algumas tentativas, eu percebo que exige uma certa quantidade de energia. Vlad explica que exercitar a mente é cem vezes mais cansativo do que o corpo e que é importante que eu pratique para fortalecer essa parte minha.

Eu estou tremendo de frio e meus dedos dos pés parecem ser feitos de gelo quando Vladimir finalmente admite que é hora de voltar para casa. Eu demoro um tempo para me recuperar, tendo ficado imóvel no mesmo ponto por horas, mas, devagar, nós voltamos para os limites do parque e caminhamos até o carro.

O trajeto de volta para a Sede é silencioso, mas desta vez eu não me importo tanto, estou grata pelo calor dos assentos. Nem um dia de treinamento com Valentina pareceu ser sobre realmente descobrir o que eu era capaz de fazer, mas o que eu podia fazer por ela. Hoje... hoje foi diferente. Vladimir não parece considerar esta experiência pessoal e, francamente, eu não acredito que ele goste muito de mim, mas não importa, ao menos não agora.

Ele estaciona em frente à Sede e nós entramos, pendurando os casacos no armário de entrada. Eu escuto pessoas na cozinha e reconheço a voz de Roxie, rindo, como sempre. Vladimir passa por lá, resmunga qualquer coisa que faz com que as risadas parem e volta para o corredor, pedindo que eu o siga. Eu obedeço e ele me leva até a biblioteca que vi no meu primeiro dia na casa. Depois do frio do Central Park, eu nem me importo com o que vou fazer aqui, só estou feliz por poder despencar em uma poltrona e aquecer meus pés na lareira.

Vlad se senta de frente para mim, naturalmente com muito mais graça e elegância do que eu. Roxie chega minutos depois e coloca uma bandeja com um bule, duas xícaras, cubos de açúcar, uma jarrinha de leite, biscoitos e fatias de bolo na mesa de centro entre nós. Ela dá um sorrisinho encorajador para mim antes de sair da biblioteca e fechar as portas duplas atrás de si.

– Chá? – Vladimir pergunta enquanto serve para ele mesmo. Eu concordo e ele inclina o bule gentilmente sobre a minha xícara, o líquido quente e cor de âmbar enchendo a sala com um aroma irresistível. Depois de colocar leite para mim e açúcar para ele, Vladimir se reclina na poltrona, dando goles mínimos no seu chá.

Faminta, eu me inclino para pegar um pedaço de bolo e levo minha xícara aos lábios, me maravilhando com o calor que se espalha pelo meu corpo.

Nós ficamos um tempo em silêncio, apreciando este inesperado – ao menos para mim – ritual. Eu agradeço depois de comer mais um pouco e esvaziar minha xícara, e Vlad se levanta, indo até uma das prateleiras e passando as mãos pelos livros.

– Nós podemos treinar suas habilidades o quanto quisermos – ele diz, enquanto retira volumes de todos os tamanhos, cores e estados de preservação –, mas é extremamente importante que você entenda suas origens, a fonte do seu poder e as suas responsabilidades. A Ordem e a Legião são bebês se comparados com a história de todos nós, especialmente a da sua família.

– Nós vamos estudar minha árvore genealógica?

– De certa forma – ele responde, sem nem olhar para mim. Quando já reuniu mais livros do que consegue carregar, Vlad volta e coloca os volumes perto dos seus pés, selecionando um e o abrindo em cima da mesa. – Por favor, sinta-se à vontade para tomar mais chá ou comer mais enquanto estudamos. Eu acredito que a mente funciona muito melhor quando o corpo está bem nutrido.

– Ok – eu respondo, mas, de repente, não estou mais com tanta fome. A ideia de que pode existir algo sobre mim em livros tão velhos me dá arrepios.

– Na maior parte das culturas antigas, a morte está associada a mitos de desobediência – Vladimir diz, seus olhos fixados no livro aberto diante dele. Eu me inclino para olhar para as páginas, mas não faço ideia do que está escrito. Parece *muito* antigo, escrito em Latim ou qualquer coisa. – E na maior parte dos casos, a desobediência e a culpa estão associadas com mulheres.

– Claro – eu resmungo, já irritada.

– Tanto em religiões ocidentais como em contos indígenas e na mitologia grega, as mulheres são responsáveis por trazer a morte para o mundo, por tornarem os homens mortais. Tenho certeza que você já ouviu falar da mais famosa dessas lendas.

Meu rosto deve mostrar minha total falta de conhecimento, porque Vladimir dá um sorrisinho e vira a página amarelada do livro. Por um instante eu acho que ela vai se desfazer em suas mãos, tamanho é o barulho seco que faz, mas o volume permanece intacto. Ele aponta para uma figura pintada com tinta preta entre as palavras desconhecidas. Uma mulher ajoelhada, suas mãos no rosto, aparentemente chorando. Ao seu redor estão formas quase indistintas, criaturas como fumaça com rostos assustadores, todas elas saindo de uma caixa pequena que está caída de lado em frente à mulher, sua tampa aberta.

– Pandora? – eu pergunto, um pouco incerta.

– Pandora falhou na sua tarefa. Ela desobedeceu aos Deuses e libertou todos os males da humanidade, incluindo a Morte. Mas a Morte não a puniu, como faria com todos os outros mortais daquele dia em diante. Ela escolheu Pandora como sua serva, a mulher que a ajudaria a guiar almas para o outro mundo, alguém capaz de utilizar os poderes da morte, de controlar o fluxo das almas. E, pelo tamanho do seu crime, Pandora não seria a única a ser punida. Sua filha e a filha de sua filha e todas as descendentes desde aquele dia dividiriam o seu fardo.

– Você não pode estar falando sério – eu digo, finalmente tirando meus olhos da figura sofrida de Pandora e pousando-os no rosto de Vlad.

– Eu disse que nós íamos estudar sua linhagem – ele responde, calmo.

– Meu Deus, eu achei que você queria dizer tipo... descobrir que minha família veio para cá em um navio irlandês ou que eu era um quarto sueca, e não que minha linhagem vinha da mitologia grega! – eu praticamente grito estas palavras e não sei bem o porquê.

– Pandora foi a primeira Ceifadora, disso nós temos certeza. Em alguns pontos a história fica um pouco confusa e nós não conseguimos definir exatamente para onde a linhagem foi até que achamos a próxima Ceifadora. Então, tem algumas lacunas a serem preenchidas.

Sem responder, eu continuo virando as páginas velhas do livro, procurando qualquer coisa que faça sentido. Algumas figuras contam fragmentos de histórias, mas nada que eu consiga entender cem por cento. Aparentemente não vai ser tão fácil quanto estudar História – não que isso jamais tenha sido fácil para mim.

– Eu marquei algumas partes que vão ser mais fáceis para você,

Kat, mas eu gostaria que você estudasse todos estes – ele indica os livros aos seus pés – o melhor que puder. Partes dos textos foram traduzidos e você pode encontrar os papéis dentro dos volumes.

Vladimir se levanta, alisando o terno como sempre faz e olhando para a prateleira de onde ele tirou os volumes que estão diante de mim.

– Sinta-se a vontade para procurar outras fontes de informação, mas sem dúvida estes vão manter você ocupada por algum tempo.

– É – eu digo, simplesmente, olhando para a grossura de cada um dos livros.

– Eric vai vir te buscar em algumas horas. Faça o melhor que puder até lá.

Vladimir sai da biblioteca, silencioso como uma sombra, fechando as portas atrás de si. Eu suspiro, abrindo um volume empoeirado e vermelho e começando minha leitura por uma lenda da tribo *Blackfoot*.

"O velho homem decidiu que alguma coisa estava faltando no mundo que ele criou..."

4

O chá está frio, o bolo terminado, meus olhos estão ardendo e eu vejo letras pretas dançando nas paredes quando, finalmente, escuto uma batida na porta de madeira. Sem esperar uma resposta, Eric entra na biblioteca, me olhando com o que me parece pena nos olhos.

– Você parece cansada – ele diz, escondendo um sorriso.

– Mentalmente desafiada seria um termo mais apropriado. – Eu olho para os livros abertos diante de mim, papéis que eu nem percebi que espalhei. Eric pega um deles, contendo minhas anotações, e dá um sorriso. – Eu só espero que Vlad não queira me dar uma prova. Eu não me saio muito bem em testes.

Eric ri, colocando o papel de volta na pilha.

– Eu tenho certeza de que Vlad vai ficar orgulhoso do seu esforço, prova ou não.

A ideia de Vladimir orgulhoso de qualquer coisa que eu faça é tão incompreensível e inimaginável quanto os textos em línguas mortas nos livros diante de mim, mas eu não digo nada. Eric recolhe os papéis e os organiza na mesa enquanto eu empilho os livros nas cadeiras. Eu os guardaria de volta, mas tenho a impressão de que Vladimir os mantém cuidadosamente catalogados, e eu certamente não quero ser a pessoa que vai estragar seu sistema.

Eric parece aprovar minha decisão. Assim que terminamos de organizar os livros e papéis ele pede que eu o siga, e obedeço sem fazer perguntas. Só estou feliz por não ter que lidar com Vladimir pelo resto do dia. Não que eu não goste dele, mas ele faz com que eu me sinta como uma criança, e não é uma sensação que eu descreveria como agradável.

A sala para onde Eric me leva é uma que eu só tive chance de ver parcialmente quando fizemos o "tour" no meu primeiro dia. Me pareceu, naquele dia, nada mais do que uma academia, com esteiras e equipamentos de musculação perto da porta. Considerando o tamanho da casa, não é surpresa que eles tenham uma academia bem equipada entre as suas paredes.

No entanto, agora que entramos pela primeira vez, eu percebo que a sala é bem maior do que tinha sido possível ver mais cedo. Metade funciona, sim, como academia, mas passando os equipamentos convencionais de ginástica o chão está coberto por um *tatame*, do tipo utilizado em artes marciais para amortecer a queda dos praticantes. Alvos pequenos estão colados na parede direita e sacos e bonecos de treinamento utilizados em academias de boxe ficam à na esquerda. Na parede do fundo está um armário com a maior quantidade de armas brancas que eu já vi, desde facas pequenas a bestas que mais seriam adequadas em um filme de fantasia.

– Uau – eu digo, pois o que mais poderia dizer? – Sem metralhadoras?

– Nós não usamos armas de fogo aqui. Não só porque elas são mais difíceis de adquirir e controlar, como porque elas fazem barulho demais.

– Eric, eu estava brincando. – Ele tem a decência de parecer envergonhado, e eu imagino o porquê dele estar sendo tão sério. – Eu vou aprender a usar espadas?

– Eu não imagino que você teria muita utilidade para uma arma com a qual se tem que chegar tão perto, Kat.

– Hum. Mas seria legal. – Eric ri desta vez e eu relaxo. É bom estar em uma atmosfera mais descontraída. Mas ela não dura muito. Logo o rosto de Eric fica sério de novo e ele anda até o tatame, admirando as armas como se as estivesse vendo pela primeira vez.

– O plano, normalmente, seria começar seu treinamento em combate corpo a corpo aqui. Poucas pessoas são melhores do que Roxie e ela queria te treinar, mas seu caso é especial.

– Claaaro que é – eu digo, baixo demais para que Eric me escute.

– Vladimir não acha seguro que você treine com ninguém até

que saiba controlar suas habilidades. Caso... – ele para, olhando para o chão.

– Caso eu mate alguém.

Eric concorda, olhando para mim, desta vez com pena de verdade nos olhos. Talvez eu devesse ficar triste com isso, mas não é nada com o que eu não tenha passado a minha vida inteira me acostumando.

– Eu sugeri que nós ajustássemos seu treinamento para usar somente suas pernas e torso, mas Vladimir não quis arriscar. Reflexos são coisas difíceis de controlar, especialmente em uma luta. Eu tentei, mas...

– Não – eu interrompo. – Ele tem razão.

Eric parece feliz e aliviado por não ter que me convencer do porquê de não ser apropriado me treinar como uma pessoa normal e entra rapidamente no seu "modo eficiência".

– Tudo bem então. Vamos começar com o mais simples, aeróbica e musculação.

– Simples pra você. – Como uma pessoa que absolutamente despreza exercícios físicos que não sejam feitos exclusivamente para salvar minha vida, eu não estou *muito* empolgada com a perspectiva de correr em uma esteira ou puxar pesos, mas Eric insiste que é importante dominar esta parte antes de quaisquer outras.

Aparentemente, eu reclamei de Vladimir cedo demais. Eric faz com que eu me exercite até quase desmaiar no tatame, alternando corridas pesadas com levantamento de pesos, pulos de corda e socos em um saco de areia, sem sequer fazer sinal de que está me ouvindo em uma das *muitas* vezes que eu reclamo. Por um instante eu realmente acho que ele está tentando me matar de uma forma que não o jogue na cadeia.

Quando Eric finalmente me diz, com um sorriso que me dá vontade de tratar o seu rosto como eu estive tratando o saco de areia, que o nosso trabalho terminou "*por hoje*", eu quase durmo ali mesmo, nem querendo pensar nos lances de escada que tenho que subir para chegar ao meu quarto, mas a memória da cama enorme que me espera é suficiente para me dar um pouco de força.

Depois de um banho quente que me diz exatamente quais partes do meu corpo vão doer amanhã – todas –, eu me arrasto até o meu quarto, desabando na cama, ignorando as perguntas de Rebecca, que está lendo na poltrona perto da janela. Em questão de minutos, eu estou dormindo.

* * *

Rebecca caminha até a escola comigo na manhã seguinte, alternando entre me lembrar o conteúdo das provas do dia e rir dos meus gemidos. Infelizmente, minha capacidade de assimilar novos conteúdos – tanto mentais quanto físicos – não está no máximo no momento, e eu ainda estou tão cansada que não consigo nem mesmo me sentir preocupada com o fato de que tenho pela frente seis horas de aulas e testes para os quais não estou preparada.

Naturalmente, nem os professores e nem as provas demonstram muita simpatia com a minha exaustão, e o dia passa rápido demais. Eu mal estou ciente de sair e entrar em salas diferentes, aparentemente mal comi no almoço e tirei meio que uma soneca na mesa, mas tudo é um borrão para mim. Durante as provas eu fico me lembrando dos livros que li ontem à noite, das histórias que aparentemente eram ligadas à minha família. Eu gostaria de fazer um teste sobre isso, para algo que eu realmente estudei, mas sem chance.

Aparentemente, em algum momento, Vladimir conversou com Rebecca sobre o nosso novo "acordo", porque quando as aulas terminam ela se despede de mim e segue na direção do metrô. Eu olho para a rua, procurando o carro de Vladimir, e, quando não o vejo, uma mistura de alívio e medo me invade. Mas a sensação não dura, já que eu escuto uma buzina e vejo que o carro está simplesmente estacionado alguns metros à frente. E desta vez Vlad não está esperando do lado de fora. Eu acho que isso me deixa ainda mais desconfortável.

Hoje, Vlad me leva para perto do lago do Central Park, o que não me deixa exatamente cem por cento feliz. Já está frio o suficiente sem nós estarmos perto de quase um quilômetro quadrado de água, mas eu não sou estúpida o suficiente para falar alguma coisa.

– Nós não podemos fazer isso em frente a uma lareira? Tomando um chocolate quente? Ou conhaque? – talvez eu seja estúpida o suficiente. Vlad me encara sem mexer um músculo até que eu finalmente suspiro. – Tudo bem, o que nós estamos fazendo aqui?

– Exatamente a mesma coisa que fizemos ontem – ele responde, como se esse fosse o fato mais óbvio do mundo.

– Por que a mudança de cenário?

– O limite entre o mundo dos mortos e o nosso é mais fraco perto de água. Quanto maior a extensão, mais tênue a linha. Você vai precisar de uma ajuda exterior para o nosso exercício de hoje.

Eu quero perguntar qual é o nosso exercício de hoje, mas o medo da resposta me impede.

– Você se lembra de ontem? – eu concordo com a cabeça, ainda sem saber direito se eu vou conseguir repetir o que fiz no dia anterior, mas Vlad parece satisfeito. – Nós vamos repetir o que fizemos. Pode começar.

Ahm, ok.

Eu me esforço para ignorar o frio que está deixando meus dedos duros e fecho meus olhos, tentando reproduzir os arredores dentro da minha mente. Desta vez, acontece um pouco mais rápido. As cores perdem sua força e minhas mãos se esquentam, minhas tatuagens parecendo ouro derretido contra o branco fantasmagórico da minha pele.

O tempo passa e o contorno de tudo ao meu redor começa a ficar mais difícil de ver. Eu tenho certeza de que estou aqui há mais tempo do que qualquer uma das vezes em que fiz isso ontem. Eu começo a ficar desorientada, o chão abaixo dos meus pés parece desaparecer e meu estômago revira. Quando eu estou pronta para desistir, sinto um tipo de pontada na cabeça e vejo um movimento no canto do meu olho.

Eu me viro, tentando localizar a fonte do movimento, quando sinto outra pontada, dessa vez mais forte. Mais uma vez, eu não vejo de onde a energia está vindo, mas alguma coisa está diferente. A terceira pontada coincide com outra coisa: uma das poucas flores diante do lago muda de cor repentinamente. A luz branca que a preenchia some devagar, como um vagalume se apagando. Eu me aproximo dela, tentada a tocá-la, mas outra pontada volta minha atenção para outra flor, não muito longe, que também se apaga, exatamente como a primeira. Uma a uma, as luzes das flores se apagam e eu me sinto tão mal depois de cinco minutos que me ajoelho no chão, cubro minhas orelhas e fecho meus olhos.

Um grito escapa dos meus lábios e parece ecoar ao meu redor. Quando eu estou pronta para desmaiar com o som da minha própria voz quicando Deus sabe onde, o som muda, fica mais grosso e palpável, e eu sei, embora não exatamente como, que estou de volta ao mundo real.

Vlad está sacudindo meus ombros e eu percebo que estou ofegante. Eu não sei quanto tempo passei no mundo dos espíritos, mas parece uma eternidade e eu não estou ansiosa para voltar.

– Katherine. Katherine! – o tom de voz elevado me faz voltar à realidade em um estalo. Meus olhos encontram os de Vlad e, por um instante, eu vejo pena. Mas eles logo endurecem e ele se levanta, satisfeito que eu estou viva.

– O que aconteceu? – eu pergunto, envergonhada pelo quanto minha voz soa fraca.

– A lição de hoje é aprender a identificar energia vital.

– Eu achei que era isso que eu tinha feito ontem – eu digo, um pouco nervosa e ainda meio cansada.

– Sim e não. Como eu disse, você precisa ter total domínio sobre a sua habilidade, e isso significa saber quando a morte está próxima.

– Hein? Tipo prever o futuro?

– Não. Você sabe que demora um pouco para o espírito completar a travessia do mundo dos mortos. Enquanto isso não acontece, a energia vital fica... suspensa. Em um lugar que não é aqui nem lá. Isso significa que, antes do espírito se separar do corpo, antes da morte acontecer de fato, você consegue senti-la se aproximando.

– Uau.

– Se você souber que alguém muito próximo está prestes a morrer, você pode fazer alguma coisa a respeito – ele diz, e eu juro, por mais estranho que seja, que Vlad sorri para mim. Um sorriso. De verdade. Eu sorrio de volta, não só porque é um reflexo normal, eu acho, mas porque eu me sinto feliz. Feliz em saber de mais uma forma com que minhas habilidades, que sempre foram tão horríveis na minha mente, que sempre fizeram com que eu me sentisse amaldiçoada, podem ajudar outras pessoas.

– Ok. – Eu suspiro e esfrego minhas mãos uma contra a outra em um esforço inútil para aquecê-las. – Vamos tentar de novo.

Vladimir me dá um pedaço de chocolate antes de me instruir a voltar para o mundo dos espíritos, dizendo que o doce vai ajudar com a minha concentração. Quem sou eu para discutir?

Cada vez que eu volto para o mundo dos espíritos é mais fácil, e o ato parece mais natural, mas minha energia é drenada com uma rapidez impressionante. E, fora as pontadas que sinto quando Vlad quebra os caules das pobres flores, eu não vejo muito progresso.

– Morte é acompanhada de energia, Katherine, de intenção. Ela sabe para onde vai e quando vai chegar lá. É essa intenção que você precisa aprender a identificar.

– Fácil falar – eu murmuro, com cuidado para que Vlad não me ouça. A verdade é que isso pode até ser difícil para mim, mas Vlad está aqui, durante mais de duas horas, no frio e no escuro, exatamente como eu, exceto que ele só está aqui para me ajudar.

Ok. Intenção, intenção, intenção. Eu repito a palavra para mim mesma umas cem vezes, meus olhos fechados e minha cabeça doendo de frio e excesso de concentração. Quando eu abro meus olhos, estou cercada de tons de cinza de novo, algo com o que eu estou me acostumando assustadoramente rápido.

Uma pontada indica que Vlad acabou de fazer outra planta de vítima e, como das outras dez ou vinte vezes, eu não vi nada de diferente. Se *karma* existe, meu inferno vai ser feito de plantas com espinhos.

Minha visão fica vermelha de repente, como se alguém tivesse batido na minha nuca com muita força. Eu me viro e fico meio tonta com a rapidez do movimento, mas é bem a tempo de ver um pássaro, ou mais ou menos a forma de um, mergulhar rente ao chão e pegar um inseto, engolindo-o inteiro.

Meu ódio por insetos é tão grande quanto o da maioria das pessoas, mas alguma coisa me faz querer correr em direção a ele e tirá-lo do bico daquele pássaro. É como se eu pudesse sentir sua dor e o pânico que o invade poucos minutos antes da sua morte. Mas eu não consigo me mover, meus pés parecem feitos de chumbo.

Eu me debato e grito até que eu não consiga ouvir minha própria voz, uma dor no meu peito aumentando. Eu não sei dizer se é de frustração ou se eu estou finalmente tendo um ataque cardíaco, mas a sensação é extremamente desagradável. Meus olhos se fecham com força e, quando eu os abro, Vlad está parado diante de mim mais uma vez.

Sem me importar com o fato de que Vlad está confuso com o

meu comportamento mais uma vez, eu me viro para a árvore, bem a tempo de ver o pássaro – que, agora eu percebo, é de uma linda cor azul cobalto – engolir o inseto e sair voando. A sensação é, francamente, de impotência.

– Katherine? – Vlad pergunta, sem dúvida tentando entender o porquê de eu estar tão abalada pelo falecimento de um besouro. – O que aconteceu?

Eu tento explicar, mas, por alguma razão, as palavras não saem da minha boca. Então eu me levanto, batendo nos meus jeans para tirar as manchas de grama. Vlad parece entender que eu não tenho mais muita energia.

– Acho que isso é suficiente por hoje, Katherine – ele diz, botando as mãos enluvadas nos bolsos. Por um instante, eu respiro aliviada, sonhando com o momento em que vou chegar na Sede, jantar e mergulhar na melhor cama que eu já tive o prazer de chamar de minha. Mas minha alegria não dura. – Sua leitura de hoje já está separada na biblioteca, e, se nós não formos agora, você não vai ter tempo de comer antes de malhar.

De repente, minha vontade de chorar triplica.

* * *

A mesma bandeja de chá e bolos está me esperando quando eu entro na biblioteca. Apesar dos novos e grossos volumes que estão me esperando, eu não posso evitar minha alegria por estar em um lugar quente depois de passar três horas no Central Park. Vladimir não está comigo desta vez já que, segundo ele, "coisas precisavam ser resolvidas", então eu me acomodo na poltrona, tomo um gole de chá que aquece da minha garganta à ponta dos meus dedos e abro um dos livros.

Mais uma vez eu entendo poucas ou nenhuma palavra dos livros que abro. Felizmente, alguém – que eu só consigo imaginar que tenha sido Vladimir – traduziu as partes mais importantes. O que me faz pensar, será que elas são realmente as mais importantes, ou as que ele quer que eu acredite que são?

Não. Eu tomei minha decisão. Se eu começar a plantar dúvidas e suspeitas antes que elas apareçam, como minha vida vai mudar? Como eu vou ser diferente da pessoa que eu fui forçada a me tornar? Como eu vou evitar passar o resto da minha vida sozinha e amarga?

Sacudindo a cabeça, eu retorno minha atenção para o texto diante de mim, escrito em páginas amarelas enfiadas dentro do livro.

Alma superior: a parte da alma conectada ao coração, contendo a moral e intelecto do indivíduo. Conhecida como Ba pelos egípcios, Pneuma pelos gregos e Animus pelos romanos.

Alma inferior: conectada às paixões e natureza física. Permanece com o corpo até que ele esteja completamente decomposto. Esta é a parte que se torna o que algumas culturas chamam de "fantasma". Conhecida como Ka pelos egípcios, Psyche pelos gregos e Manes pelos romanos.

Abaixo do texto está uma série de números. Uma olhada no livro e eu percebo que os números indicam figuras, sem dúvida ilustrações que acompanham o texto traduzido. A primeira mostra uma figura humana semitransparente, seu rosto sereno, caminhando em um jardim cheio de portas. A segunda mostra claramente a mesma figura, mas seu rosto parece vago e cansado, e quem quer que seja que a desenhou, não queria dar a ilusão de movimento.

Na cultura da Mesopotâmia, os espíritos que se separam dos corpos físicos precisam completar uma jornada por sete Grandes Portais, guardados muitas vezes por demônios ou sentinelas que apresentam um desafio pessoal. A jornada é conhecida como A Estrada Sem Volta.

Eu pego outro pedaço de bolo enquanto vejo as outras figuras, todas demonstrando a suposta jornada pelo submundo de formas diferentes. Algumas delas mostram o viajante sofrendo, de joelhos diante de algum demônio ou monstro com chifres gigantescos, e outras mostram uma caminhada no vazio, passando por grandes arcos que só simbolizam portas. Todas elas me deixam um pouco inquieta.

Eu leio passagens sobre mais culturas e mitos do que consigo lembrar. Lendas sobre o rio Styx, sobre um submundo dividido em três camadas, sobre *Shamans, Banshees,* Valquírias e todo outro tipo de guardião e transportador presente quando a alma parte do corpo. O cheiro de poeira, tinta e couro está me deixando tonta e meu chá já está frio quando alguém abre a porta com tanto entusiasmo que, por um instante, eu acho que a casa está pegando fogo.

– Mortííícia... – Roxie diz em uma voz cantada, rodopiando para dentro da biblioteca. – Eric está pronto para você.

– Ah – eu digo, temporariamente confusa e com sentimentos mistos. Passar tempo com Eric é... bom. Mas nem tanto quando ele está tentando me matar com equipamentos aeróbicos.

Eu coloco os livros nas poltronas e me levanto. Roxie se joga em uma das cadeiras e come um número impressionante de pedaços de bolo por segundo, resmungando qualquer coisa antes que eu saia da sala.

Por alguns instantes depois de entrar na academia, Eric não pode ser encontrado. Mas, antes que eu possa me perguntar se Roxie me enganou por meros pedaços de doce, eu escuto alguém arfando no tatame. Quando eu finalmente identifico a fonte do som, eu arquejo e, quase com certeza, dou um gritinho nada digno.

Eric está agachado, respirando com dificuldade, vestindo somente uma calça cinza que parece já ter visto dias melhores. Suas unhas estão cravadas no material macio do tatame e ele parece não notar minha presença. Sem saber exatamente por quanto tempo, eu fico ali olhando para os músculos dos seus ombros relaxando e contraindo. Então meu cérebro finalmente resolve sair do repouso, e eu me lembro que estou ali para fazer alguma coisa que não seja olhar a vitrine.

– Eric? – eu digo, com a voz mais pateticamente rouca e fraca de que sou capaz.

Aparentemente, não foi rouca e fraca o suficiente para não fazer Eric quase saltar da própria pele. Ele se vira para mim como um predador encurralado, e é minha vez de perder o fôlego. Seus olhos e dentes, a aparência inteira do seu rosto é de um animal. De um lobo.

Ele me encara por alguns segundos e eu não ouso me mexer. Alguma coisa na sua postura me congela e eu tenho medo de que ele vá saltar e me destruir bem ali. Mas ele vira seu rosto para longe do meu mais uma vez e grunhe, eu suponho que de dor. Quando ele finalmente se levanta, é como se tudo estivesse normal. Ele caminha até um banco que está encostado contra a parede e pega uma toalha, usando-a para limpar o suor da sua nuca e rosto. Minhas pernas tremem um pouco e eu realmente tenho dificuldade em determinar se é de medo ou... outra coisa.

Quando Eric se vira para mim, eu ainda devo parecer uma gazela assustada, porque seu rosto imediatamente se fecha em uma expressão de tristeza que só dura alguns instantes, mas que, por algum motivo, parte meu coração.

– Eu... – eu gaguejo, tentando encontrar as palavras exatas que vão aliviar a tensão do que quer que seja que eu acabei de testemunhar. – Roxie disse que... Eu posso voltar, se você quiser.

– Não – ele responde, rapidamente, sem olhar para mim e andando diretamente para a esteira. – Perdão, eu não ouvi você entrar. Vamos começar.

Nem mesmo a perspectiva de passar as próximas duas horas fazendo exercícios físicos me assusta tanto quanto a formalidade de Eric. Eu odeio quando ele fala desse jeito, como se eu fosse uma estranha e ele só estivesse cumprindo sua obrigação. Uma obrigação que ele não suporta ter que cumprir.

Eu passo quarenta minutos correndo sem chegar a lugar nenhum, sentindo como se aquele exercício fosse uma metáfora perfeita para a minha vida. Sem Roxie para fazer piadas ou Eric sendo exigente e quase militar, eu me sinto desconfortável, além de cansada. Quando eu vejo seu rosto pelo canto do olho, ele parece estar em outro planeta.

Depois de barras, flexões, abdominais, levantamentos e Deus sabe mais o quê, o silêncio está começando a me ferir fisicamente. Eu me sinto esmagada.

– Eu não tive a intenção de interromper – eu digo, enquanto me alongo, aproveitando que meu rosto está encostado no meu joelho e eu não posso ver seu rosto. Mas, ainda assim, eu o sinto ficar rígido, como se ele também não estivesse esperando que eu tivesse coragem de quebrar o silêncio. Depois de vários minutos sem resposta, eu finalmente levanto meu rosto e ele está encarando a parede, de costas para mim.

Sem ter a menor ideia do que fazer, mas não tolerando ficar ali nem mais um instante, eu me levanto e caminho a passos rápidos até a porta. Eu estou prestes a sair quando escuto sua voz. Eu não consigo me mexer.

– Às vezes é difícil – ele diz, simplesmente. Eu quero perguntar o que é difícil, eu quero dizer que eu entendo, eu quero dizer tantas coisas, mas eu só me viro para olhar para ele. – Eu não gosto que ninguém me veja quando eu me transformo.

– Por quê? – eu pergunto, sem pensar que talvez essa pergunta seja extremamente pessoal.

– Eu sei que você acha que nós estamos pegando pesado com você, Kat. Eu sei que você está cansada, mas muitos de nós tivemos a vida inteira pra nos acostumar com que nós somos. A vida inteira para treinar, para aprender sobre o que quer dizer ser diferente. Eu treino. Todos os dias.

– Eu sei, eu sou testemunha das suas habilidades atléticas todos os dias, querendo ou não – eu digo, tentando aliviar a tensão. Ele dá uma risadinha que parece só ter o propósito de me fazer feliz.

– Não. Eu me transformo todos os dias, várias e várias vezes por dia. É exaustivo e doloroso, mas... – ele para e se vira para mim – não é tão doloroso quanto voltar a mim e ver aquela expressão no seu rosto.

Eu não sei o que dizer. Seus olhos violeta estão fixados em mim, suas mãos cerradas ao lado do corpo. Minhas pernas nem conseguem se mexer e eu não consigo saber o porquê.

– O que a maioria das pessoas não sabe sobre Metamorfos é que nós perdemos o controle. Nós nunca vamos ser cem por cento humanos. Por alguns instantes, todas as vezes que eu me transformo, eu esqueço quem eu sou, onde eu estou, eu esqueço que não sou um animal. E um instante é tudo de que eu preciso para fazer algo de que vou me arrepender para sempre.

O tom da sua voz dá a entender que ele está falando por experiência própria.

– Eric, eu...

– Não é culpa sua, Kat. Nós jogamos com as cartas que nos foram dadas na vida, e estas são as minhas.

Ainda cabisbaixo, ele anda até onde eu estou e para diante de mim, uma cabeça mais alto, o calor do seu corpo me envolvendo como uma onda. Seus olhos parecem feitos de fogo. Eu não consigo respirar.

– Me desculpe por hoje – ele diz, simplesmente. – Não vai acontecer de novo.

Ele pousa sua mão levemente no meu ombro enquanto passa por mim, saindo pela porta e subindo as escadas.

Eu fico ali, parada, olhando para o vazio. E sentindo cada centímetro onde a pele dele tocou a minha formigar.

5

As duas semanas que antecedem as férias de Natal são as mais longas da minha vida. A ansiedade das sessões de treino com Vladimir não diminui, meu cérebro está lotado de informações sobre o mundo dos mortos quando deveria estar cheio de álgebra, e a dor no meu corpo dos treinos com Roxie e Eric se torna tão constante que eu não me lembro qual a última vez que eu andei sem mancar ou gemer.

– Você tem que estar pelo menos um *pouco* feliz, Kat – Rebecca diz, enquanto olha para vitrines na Quinta Avenida. É reconfortante vê-la empolgada com algo tão normal quanto roupas depois de tudo que aconteceu. Ela está mais corada e seus olhos recuperaram um pouco do brilho.

– Por mais que eu odeie fazer compras, Becks – e eu *realmente* odeio fazer compras –, eu prefiro estar aqui do que de volta na escola fazendo provas. Então, é, acho que de certa forma eu estou feliz.

Ela ri e continua andando, seus olhos escaneando cada vestido e cada sapato como uma profissional.

– Não foi isso que eu quis dizer – ela diz e se vira para mim. – Eu quis dizer com... a gente.

– Ah. – eu digo, meio sem graça. – É, com certeza.

Feliz não era exatamente a palavra certa. Eu estava mais segura do que eu podia fazer, isso era verdade, mas eu não tinha certeza de que isso era bom. Mas como eu podia admitir, depois de tudo que essas pessoas estavam fazendo por mim, que tudo que eu mais queria fazer era desaparecer?

– Kat – Rebecca me chama, com urgência, e minha mente se prepara para uma calamidade em escala nacional. Minhas mãos esquentam e, sem nem pensar, eu me agacho, pronta para saltar em alguém como Roxie me ensinou – mas provavelmente com metade da sua agilidade. Meus olhos saltam de um lado para o outro e meu coração bate rápido.

– Kat – ela chama de novo. Quando eu olho para ela, seus olhos estão iluminados e fixados em um vestido na vitrine. Parece algo saído de uma revista da década de 60. Mesmo através do vidro, eu vejo que o tecido é grosso, feito para o inverno frio de Nova York, e o padrão xadrez vermelho e preto me traz memórias do tipo de Natal que eu nunca tive, o tipo que se vê em especiais da tarde na televisão. Ele é curto, um palmo acima do joelho, mas a manequim que o exibe com tanta elegância está usando meias grossas de lã preta e botas da mesma cor.

Quando Rebecca me puxa para dentro da loja, dando gritinhos que só alguém que está há horas procurando uma roupa "perfeita" pode dar, eu não digo nada. É normal para mim deixar que Rebecca me vista como uma Barbie, porque eu sei que isso a faz feliz, mas não dessa vez. Dessa vez, eu quero aquele vestido. E eu quero tudo que vem com ele: presentes, uma lareira, biscoitos, neve e cheiro de canela.

O tempo todo em que estou na loja, Rebecca e a vendedora trocando palavras corridas e termos assustadoramente técnicos, eu estou em uma espécie de mundo onde eu nunca matei ninguém, onde não haveria nada de errado em perder tempo fazendo compras e desperdiçar dinheiro em roupas caras. Onde meus erros não arruínam a vida das pessoas.

Um mundo onde tudo, absolutamente tudo, é normal.

* * *

O dia vinte e quatro de dezembro nunca foi uma data particularmente especial para mim. Bom, isso não é necessariamente verdade. O Natal, assim como para a maioria das pessoas cujas vidas não poderiam facilmente virar um programa educativo, sempre foi o contrário de feliz. Talvez seja o fato de que eu sempre passei esse dia sozinha, quando meu imaginário ocidental exigia que eu estivesse em uma casa branca suburbana comendo o máximo que meu estômago pudesse aguentar e abrindo presentes que eram *exatamente* o que eu queria.

Provavelmente é por essa razão que as minhas pernas estão bambas quando eu abro a porta do meu quarto e começo a descer as escadas. O cheiro de canela e castanhas assadas está em cada centímetro da mansão e eu escuto risadas e vozes vindas do andar de baixo. Eu não consigo imaginar Vladimir subindo em escadas e pendurando decorações de Natal, mas aparentemente ele não tem nenhum problema em deixar que os outros o façam. O corrimão da escada está pontilhado por luzes que piscam em padrões aleatórios, fitas vermelhas e verdes estão penduradas nas paredes, serpenteando em luminárias. As lareiras estão acesas e as janelas parecem estar em chamas, a neve contra o vidro tingida de laranja. O cenário é perfeito.

Eu estou tão ocupada admirando o entorno que demoro a perceber que todas as vozes e risadas se tornaram sussurros ou silêncio e que todos os pares de olhos no pé da escada estão olhando para mim. Que diabos?

Por um breve instante, eu considero subir as escadas, tirar esse vestido absurdo e voltar a dormir. Meu plano está prestes a se realizar quando eu sinto alguém passar o seu braço pelo meu. Como se eu já não estivesse chamando atenção o suficiente, eu solto um berro e puxo minhas mãos contra o peito, meu coração se acelerando.

Roxie está parada, seu braço ainda dobrado como se estivesse entrelaçado com o meu, e, embora seus olhos estejam arregalados, ela está sorrindo, me encarando como se tivesse acabado de pregar uma peça em mim. Todos os olhos ainda estão em nós.

– Me dá o prazer dessa dança? – Roxie diz, fazendo uma cortesia, em tom brincalhão. Respirando fundo, eu sorrio e apenas concordo, sem dar meu braço de volta para ela. Eu não estou tão confiante assim.

Roxie funciona como um escudo social. As pessoas voltam a conversar, a bebericar seus drinques e beliscar seus aperitivos. Ocasionalmente alguém sorri para nós, Roxie faz uma piada com alguém e nós continuamos a nos mover entre as pessoas, em direção à biblioteca, onde eu tenho passado tanto do meu tempo, descobrindo quem eu sou. De certa forma, eu me sinto mais confortável ali.

A Sede está muito mais cheia do que eu esperava. Eu já tinha visto o suficiente de nós para encher muitas dessas mansões, mas nunca assim, nunca no mesmo lugar, supostamente com o mesmo objetivo. Era estranho. Para um observador de fora, talvez pareça um grupo normal, uma festa de fim de ano de uma empresa ou uma escola, uma celebração entre amigos.

Mas basta olhar um pouco mais de perto, realmente prestar atenção nessas pessoas, nesses olhos, para perceber que alguma coisa ali é muito diferente. Que aquela menina no canto, de cabelos azuis e tênis preto, tem cortes peculiares na pele. Ou que aquele homem parecendo levemente alterado pelo álcool tem unhas muito parecidas com as de um tigre.

Ou que a menina olhando para tudo como se fosse a primeira vez tem nas mãos tatuagens que se mexem.

Roxie me deixa no meio da biblioteca e corre para o bar improvisado no canto da sala. Ela volta com um líquido cor de leite condensado, mas não tão denso.

Assim que a bebida toca meus lábios eu reconheço o gosto extremamente doce de *eggnog*[1] e o gosto amargo de rum. Roxie tem na mão um copo semelhante aos meu e sorri quando bebe, olhando para todos os outros convidados presentes.

– Quem são todas essas pessoas? – eu pergunto, sentindo dificuldade em ser ouvida acima da música e das outras conversas. Roxie me olha, um pouco confusa, e eu reformulo minha pergunta. – Quer dizer, de onde elas vieram? Eu nunca vejo mais do que talvez, não sei, vinte pessoas aqui por vez.

– Ah – ela diz, dando de ombros. – Normalmente ninguém passa muito tempo aqui. É tipo uma pousada, onde eventualmente alguém dorme e come antes de seguir em frente. Muitos de nós temos nossos próprios apartamentos na cidade.

– Você não? – eu pergunto.

– Ahm... – Roxie está olhando de um lado para o outro quando uma mão pousa no seu ombro e ela se vira subitamente, respirando aliviada.

– Clara! – ela diz, sorrindo. Clara é uma menina de cabelos loiros cor de palha e pele bronzeada. Ela deve ser quase uma cabeça mais baixa que eu, mas eu consigo sentir uma energia vital espetacular vindo dela. Sua silhueta parece iluminada por trás.

1 Tradicional bebida norte-americana, feita de ovos, leite e açúcar.

– Clara, esta é Kat – Roxie diz, gesticulando na minha direção. Eu percebo que estou segurando minha respiração, ansiosa pela reação de uma pessoa que eu nunca vi.

– Ah, eu ouvi falar de você, Kat! Roxie fala da "Mortícia" o tempo todo, estamos ansiosos para te conhecer!

– Muito prazer – eu digo, aliviada, ainda meio nervosa e extremamente grata por ela não estender sua mão na minha direção. Vlad acredita que, com o meu treinamento, eu consiga controlar o nível de energia que transfiro pelas minhas mãos, mas eu prefiro não correr nenhum risco. Ao menos não ainda.

– Rox – ela volta sua atenção para Roxie. – Você é a próxima.

– Já? – Roxie responde, seus ombros caindo. – Contra quem?

– Sarah – Clara responde, com um ar de perversidade debochada. Roxie dá um empurrão de leve nela e suspira.

– Ok, ok. – Roxie está prestes a ir embora quando parece se lembrar de mim e se vira. – Você quer vir?

Eu não sei para onde eu quero ou não ir, mas não pode ser pior do que ficar parada ali no meio da biblioteca, cercada de pessoas que eu não conheço.

– Por que não? –respondo, e nós andamos de volta para fora da biblioteca, em direção à sala de jantar, cujas janelas, ao contrário do resto da casa, estão fechadas, com as cortinas escondendo a festa do lado de fora. A pessoa que eu suponho ser Sarah está parada no centro da sala. As mesas e cadeiras foram empurradas para os cantos e um grupo de pessoas está formando um círculo, todos segurando bebidas e sorrindo. A chegada de Roxie renova a energia do ambiente, e as pessoas assobiam e batem palmas quando ela passa por um grupo e para no centro do aposento, de frente para Sarah.

As duas se cumprimentam, sorrindo. Sarah tem mais ou menos a mesma altura de Roxie, mas sua pele é mais escura e seus cabelos raspados quase que inteiramente nas laterais. Seus olhos violeta são acentuados pelo delineador forte e uma tatuagem de serpente sobe da gola da sua camiseta, passando pela clavícula e terminando logo atrás de sua orelha. Embora elas estejam sorrindo uma para a outra, Roxie e Sarah se encaram como predadores prestes a dar o bote.

Eu me posiciono entre dois espectadores interessados, minha

mão livre debaixo do meu braço e a que segura minha bebida, perto do meu peito.

Um homem que parece estar agindo como um tipo de juiz dá um passo à frente e olha para as duas. Elas acenam com a cabeça e se agacham, uma das mãos pousada levemente sobre a bolsa presa na cintura. Eu fico apreensiva imediatamente, apesar de parecer ser a única. Um garoto loiro ao meu lado deve notar minha ansiedade, porque ele se inclina na minha direção e diz:

– Primeira festa de Natal?

– É – eu respondo, sem tirar os olhos de Roxie. – O que exatamente está acontecendo?

– Ahm... – ele hesita. – É uma tradição de fim de ano. Pense nisso como um tipo de *pedra, papel ou tesoura.*

Antes que eu possa perguntar o que diabos ele quer dizer com isso, o "juiz" dá um grito e as pessoas começam a torcer. Ao mesmo tempo, quase que em uníssono, Sarah e Roxie sacam os pincéis da bolsa e cortam os braços, usando o próprio sangue escuro para fazer desenhos no chão.

Eu já tinha visto Roxie em ação, mas como as circunstâncias na época eram um tanto... extremas, eu não pude apreciar o que ela faz em todos os seus detalhes. Tanto Roxie quanto Sarah estão pintando furiosamente, sem nunca olharem uma para a outra.

Sarah termina primeiro, sua mão direita tocando o chão e tirando de lá uma pequena adaga que, para o meu total e completo choque, ela joga em direção a Roxie. Meus olhos se arregalam enquanto acompanham a trajetória da arma, mas, em uma velocidade quase sobrenatural, Roxie conjura do piso uma espada larga e curta que ela usa, no último segundo, para alterar a trajetória da adaga.

Sarah já está pintando outra coisa que eu não consigo ver quando Roxie corre para cima dela, espada em punho. Ela golpeia com toda a intenção de partir Sarah ao meio, pelo que me parece, mas Sarah se defende com um escudo redondo no último instante e derruba Roxie com uma rasteira.

Eu pareço ser a única pessoa preocupada com o fato de que as duas estão sobrevivendo por um triz, já que risos, gritos de incentivo e, ao que tudo indica, até apostas estão surgindo entre os espectadores.

Roxie se arrasta para longe de Sarah, que já está pintando mais alguma coisa. Seu braço esquerdo está vermelho de sangue, mas o primeiro corte que ela fez já está se fechando. Roxie começa a trabalhar, mas Sarah parece ter vantagem. Ela puxa um arco pequeno do chão e firma nele uma flecha. A flecha se solta e Roxie olha para cima, seu rosto mostrando que ela não vai ter tempo de se defender. Eu dou um grito e, por uma fração de segundo, vejo o espírito dela, mais forte do que todos os outros. Meu coração acelera, meu copo se espatifando no chão.

Mas, antes que a flecha acerte o seu alvo, o homem que eu chamei de juiz faz um pequeno movimento com o pulso e Roxie é arrastada para fora da trajetória, a flecha acertando a parede da sala e se partindo em dois pedaços.

Alguns suspiram e outros comemoram. Um grupo grande parece ter visto minha cena com o copo, mas eu só tenho olhos para Roxie. Eu me preparo para correr na direção dela, mas, antes que eu o faça, Sarah a está ajudando a se levantar e oferecendo uma toalha da própria bolsa para que ela limpe o seu braço.

Elas apertam as mãos e conversam normalmente, quase como se não tivessem acabado de tentar matar uma à outra, Roxie claramente concedendo a vitória do que quer que isso tenha sido para Sarah.

– Se o juiz interromper, a derrota é de quem foi salvo.

Eu me viro e vejo Eric parado diante de mim, seus cabelos penteados para trás, vestindo jeans escuros e uma camisa branca por baixo de um blazer azul marinho. Ele está segurando dois copos e sorrindo. Ele estende um na minha direção e, depois de um número inapropriado de segundos, eu tiro o copo das mãos dele com muito cuidado.

– Desculpe, eu, eu me assustei – eu digo, olhando para os cacos diante dos meus pés.

– Não se preocupe com isso, eles têm que limpar a própria sujeira de qualquer jeito, não vai fazer muita diferença.

– Os Artistas? – eu pergunto, vendo as pessoas rindo. Eric só concorda e eu vejo que uma nova dupla de desafiantes está se encaminhando para o centro do círculo.

Eric faz sinal para que eu o siga, o que eu faço sem pensar, deixando o barulho e a animação de um novo combate atrás de mim. Nós navegamos pelos muitos cômodos da mansão, nos desviando de grupos de pessoas aqui e ali. Eu vejo alguns animais de olhos violeta, Deslocadores sentados nas paredes, e percebo que não são só os Artistas que gostam de comparar habilidades. É uma liberdade que eu nunca tinha presenciado e que, por nenhum motivo que eu consiga identificar, me faz sorrir.

Eventualmente, nós chegamos à sala de treinamento, o único lugar que parece estar vazio. Eu me sinto desconfortável, me lembrando da última interação que tive com Eric aqui. Eu enterro meu rosto na bebida em minhas mãos, olhando para qualquer lugar, menos para ele.

Eric deve perceber meu desconforto, porque se senta no mesmo banco onde ele me obriga a levantar uma quantidade absurda de pesos todos os dias e suspira.

– Me desculpe, Kat – ele diz, menos formal do que normalmente é. – Pelo outro dia.

– Tudo bem.

– Não, não está tudo bem. As coisas nunca estiveram tão complicadas para nós e sim, isso é difícil, mas não pode ser mais difícil do que está sendo para você.

– Hum – eu digo, me sentando em frente à ele. – Na verdade, não.

– O quê? – ele levanta a cabeça na minha direção, seus olhos surpresos.

– Não – eu repito. – Eric, é estranho, sim, descobrir as coisas que eu descobri nos últimos meses. É estranho pensar que não existe ninguém no mundo que faz o que eu faço, e às vezes é, sim, solitário. Mas não mais solitário do que era minha vida desde que eu me lembro.

– Kat... – ele diz, sua voz triste.

– Eu não digo isso porque quero sua pena, Eric. Minha vida foi mais fácil do que a da maioria das pessoas na minha situação porque eu decidi, muito cedo, fazer as coisas erradas. Eu sobrevivi porque outros não fizeram o mesmo.

– A culpa não é sua, Kat, você era tão nova...

Eu sacudo minha cabeça e meu coração se aperta. De uma forma estranha, ouvir Eric defender as coisas que eu fiz torna tudo muito pior.

– Não, não é isso. Mas eu não posso mudar o passado e, talvez, com a ajuda de todas aquelas pessoas lá em cima, eu consiga diminuir o que eu fiz, consiga mudar o futuro.

– Culpa é um sentimento inútil, Kat – ele responde, seu rosto não mais demonstrando sinais de pena.

– Talvez – eu sorrio de leve, observando as tatuagens nas minhas mãos. – Eu acho que nós causamos dor em nós mesmos porque é tão bom quando a dor para. É um jeito perverso de procurar breves momentos de felicidade e, sinceramente, é exaustivo. Eu tinha aceitado a minha realidade, a ideia de que eu ia viver sozinha. Até você aparecer. E agora eu estou em uma festa de Natal, a primeira da minha vida, com o grupo de pessoas mais maravilhosamente bizarras que eu já vi.

– Falando em Natal... – Eric diz, um sorriso iluminando seu rosto. Ele enfia a mão no bolso interno do blazer e tira de lá uma caixinha retangular, embrulhada em papel vermelho e adornada com um laço dourado. – Feliz Natal.

– Eric... – ele se levanta e estende a caixa na minha direção. Eu a pego com cuidado, sem saber o que dizer, e abro o papel devagar, tentando não estragar o embrulho. Eu abro a caixinha branca que se revela debaixo do padrão festivo e dentro está um bracelete prateado, a corrente escondida pelo pingente em formato de cruz, mas com o topo curvo, como um arco.

– É lindo, Eric – eu digo, sem tirar os olhos do meu presente.

– É um Ankh. O símbolo egípcio da vida. Eu achei apropriado.

– Reconheci o símbolo de um dos livros de Vlad. – Eu luto para fechar o bracelete em volta do meu pulso.

– Posso? – ele pergunta. Eu quero dizer que sim, mas a ideia de que eu possa ferir Eric, especialmente agora, me apavora. Eu puxo minha mão para perto de mim antes mesmo de conseguir responder.

– Kat. – Eric olha nos meus olhos, seu rosto tão certo do que ele está fazendo que eu relaxo um pouco. Eu cerro meu punho e ele delicadamente pega as duas partes do fecho, tomando cuidado para não me tocar, mas sem nenhum receio.

Eu não ouso respirar. Minha mão está quente onde as dele quase a tocam e minhas tatuagens começam a se mexer, mas, embora Eric pareça surpreso, ele termina sua tarefa com calma e lentamente dá um passo atrás, como se sentisse que eu preciso de um minuto de espaço.

Meus olhos ficam no bracelete por alguns instantes, o pingente descansando no dorso da minha mão direita. Eu olho para ele e sorrio.

– Obrigada – eu digo, tentando colocar nessa simples palavra que é usada o tempo todo o verdadeiro sentimento da minha gratidão. Não pelo presente, mas por Eric. Por ele existir.

A mensagem parece ter sido transmitida alto e claro. Eric fica sério, subitamente intenso, e dá um passo na minha direção. Ele está tão perto que eu preciso inclinar minha cabeça para olhar nos seus olhos. Nós ficamos ali por alguns segundos e eu tenho medo de respirar, medo de me mexer. Os sons de festa acima de nós são como ruídos embaixo d'água.

Eric levanta sua mão devagar e passa os dedos pelo meu cabelo, parando na minha nuca. Meu coração está batendo tão alto que eu tenho certeza de que o som está reverberando nas paredes, mas Eric só dá mais um passo à frente, seu rosto ficando a centímetros do meu.

A porta da sala se abre e um casal tropeça para dentro, seus membros tão entrelaçados que é difícil saber quais pertencem a quem. Eric se afasta de mim em um passo e eu me seguro com toda a força de vontade que possuo para não usar meu recém-adquirido treinamento de combate nos nossos visitantes intoxicados.

Quando a garota se desvencilha para – eu suponho – respirar, ela nos vê e se separa do garoto, que por sua vez fica lívido ao ver Eric parado ali na sua costumeira postura militar.

– Ooooops – a menina diz, seus olhos mal abertos. – Ocupaaaado! – ela cantarola, fazendo força para não embaralhar as letras.

– Senhor – o menino diz para Eric, claramente bêbado, mas tendo bem mais sucesso em disfarçar seu estado do que sua companheira. Eric não responde, só fica ali, parado como uma estátua.

– Ei – a garota diz. – Aquela ali não é a menina nova?

O garoto não diz nada, só começa a puxá-la escada acima enquanto ela resmunga qualquer coisa.

Quando nós estamos sozinhos de novo, Eric parece estar a quilômetros de distância. O que quer que seja que estava entre nós, desaparece no ar como vapor. Ele ajusta o paletó e sorri para mim.

– Vlad já deve estar servindo o jantar – Eric diz, se virando e subindo as escadas.

Sem ter muita escolha, eu subo atrás dele, olhando o pingente pendurado no meu pulso e rangendo os dentes de frustração, os sons da festa acima não fazendo nada para melhorar meu humor.

6

Sem obrigações acadêmicas na semana que antecede o Ano Novo, Vladimir dobra meu treinamento. Excluindo a manhã de Natal, logo após a festa, eu me levanto todos os dias às oito. Eu nunca fui uma pessoa matinal e isso sempre funcionou bem com o meu estilo de vida, mas Vladimir parece determinado a mudar tudo sobre os meus antigos hábitos.

Francamente, eu trocaria todos os aspectos da minha personalidade pelo controle que todo esse treinamento supostamente vai me dar. Para o crédito de Vladimir, eu realmente estou me sentindo mais segura a cada dia. Mas isso não é suficiente para ele.

– Você não está entendendo, Katherine – ele diz, sacudindo a cabeça, o Sol quase se pondo no Central Park. Eu estou de joelhos na grama, perto do lago, e não há ninguém por perto. Minha respiração está difícil e o suor está escorrendo pelo meu rosto, mesmo no frio de dez graus negativos.

– O que eu não estou entendendo, exatamente? – eu pergunto, tentando recuperar meu fôlego e sem olhar para Vlad, que, sem dúvida, está com uma expressão decepcionada no rosto pálido.

– Você está com medo – ele diz.

– Jura? – eu não consigo esconder o sarcasmo na minha voz.

– O que quero dizer – Vlad continua, ignorando meu comentário – é que, enquanto continuar com um pé no nosso mundo toda vez que você fizer a travessia, você nunca vai ter controle de nenhum dos dois.

Vladimir já disse isso um milhão de vezes. Eu quero ouvir, eu quero ser melhor, mas, toda vez que começo a travessia, eu me lembro daquela noite, depois da festa de Faye, quando eu quase não achei meu caminho de volta. Eu me lembro da sensação de solidão, da incerteza, de saber que ficar presa ali seria pior do que morrer.

Como Vladimir podia pedir que eu fizesse isso voluntariamente?

– Katherine. – Vlad me chama, seu tom de voz mais suave desta vez. Ele se agacha do meu lado. – Eu não vou pedir que você confie em mim. Mas eu vou exigir que você confie em você mesma. Está no seu sangue, você, como sua mãe antes, nasceu para isso.

Fumaça branca sai dos meus lábios quando eu suspiro e limpo o suor da minha testa com a manga do casaco. Se eu nasci para isso, o conhecimento deveria vir um pouco mais natural, certo? Aparentemente não.

Respirando fundo, eu fecho meus olhos e desligo todos os sons e distrações ao meu redor, limpo minha mente. Aos poucos eu começo a sentir tudo que me cerca, cada folha e inseto, cada pássaro e cada pessoa. A energia deles me assola, pulsante e firme, e, mesmo com os olhos fechados, eu sei onde eles estão.

Com pessoas é mais difícil. Era difícil para mim sequer ver uma fração da alma de Vladimir. Mas agora, embora ainda seja exaustivo, eu consigo segurar minha concentração e mantê-lo no meu campo de visão.

Sem querer adiar o impossível, eu abro os olhos, meu mundo agora completamente diferente. As energias vitais que eu sentia agora pouco estão no fundo da minha mente, como uma lembrança distante. Diante de mim, o cenário parece visto por um negativo, tons de cinza colorem tudo que não é puramente preto ou branco. É como uma aquarela, tudo que está perto de mim é nítido e claro e as beiradas são embaçadas, quase transparentes.

Eu sei que o lago é minha melhor porta com o mundo dos vivos, e somente lá eu ainda vejo um pouco de cor, bem fraca, quase imperceptível. As beiradas da minha visão estão cada vez menos claras, a delineação dos objetos sendo substituída por um vazio branco, mas meus olhos não desgrudam daquele ponto de cor. Eu sei que, enquanto ainda puder vê-lo, eu não terei completado a travessia, e o esforço de segurar as duas portas abertas faz minhas pernas tremerem e minha visão ficar turva.

Minha energia está quase no fim. Se eu voltar mais uma vez, eu nem sei o que Vladimir vai fazer. Mas pior do que isso é saber que, se eu não der esse passo, eu nunca vou seguir em frente. Eu nunca vou sair desse patético roteiro repetitivo. Eu sempre vou ter medo.

– Ok – eu digo. – Confiança. É só ter confiança.

Eu fecho os olhos mais uma vez, sem saber muito bem o porquê, e tento relaxar, nem que seja um pouco. Meu coração está batendo forte e minha respiração está acelerada, e o fato de estar consciente destas coisas não está ajudando no meu exercício de relaxamento.

– Concentre-se, Kat – eu digo mais uma vez, e minha voz parece estar vindo de outro lugar. De um lugar onde eu sei o que estou fazendo.

Agora ou nunca.

Eu abro meus olhos ao mesmo tempo que sinto meu corpo inteiro ficar gelado, como eu nunca tinha sentido antes.

As cores sumiram. Tudo sumiu.

As árvores, os bancos, os animais, Vladimir, nada mais está ali. O lago se tornou um rio, uma linha de prata infinita que cruza a extensão branca em que estou de pé agora. É a única coisa que me dá um referencial, que impede que eu fique tonta como se estivesse no espaço.

Agora que eu estou aqui, que eu finalmente consegui fechar a porta para o mundo dos vivos, eu não sei o que fazer. Para onde ir?

Me parece que o mais lógico é caminhar para a única coisa que eu consigo ver: o rio. De qualquer forma, eu sei que a melhor maneira de ficar conectada com o outro mundo é através de um grande corpo de água, e isso certamente vai fazer com que eu me sinta mais segura.

Para a minha surpresa, quando eu dou meu primeiro passo, minhas pernas não estão mais bambas e nem a minha respiração está difícil. Na verdade, eu me sinto mais leve do que nunca, mais confiante do que nunca. E, mesmo sem saber exatamente como eu vou sair daqui, eu me pego sorrindo enquanto caminho.

Quando eu finalmente chego à beirada do rio, percebo que ele se parece exatamente com um espelho, como prata derretida. Eu abaixo uma das mãos para dentro da água e, embora meus dedos passem da superfície, eu não me molho. É uma sensação estranha, ver minha mão se mexendo, mas não sentir nada.

Eu arrisco entrar, sem tirar meus sapatos ou meu casaco. A

sensação é a mesma, eu ando dentro d'água, uma trilha de movimento atrás de mim, mas eu não sinto nada, é como se nada tivesse mudado. Eu me sinto meio estúpida caminhando em direção a lugar nenhum e, francamente, meio desorientada, mas por mais assustador que isso seja de admitir, me soa certo ao mesmo tempo. Talvez eu não precise mesmo ter medo, talvez Vladimir estivesse certo esse tempo todo.

Ironicamente, no exato momento em que esse pensamento me atinge eu escuto um barulho bem atrás de mim. Embora não seja muito alto, ele reverbera por um longo tempo no vazio. Eu me viro rapidamente, meus olhos escaneando os arredores, mas nada mudou.

Contra o meu melhor julgamento e sabendo que eu estou agindo exatamente como a loira estúpida que desce ao porão sem luz em um filme barato de terror, eu vou em direção ao som, ou ao menos na direção da qual eu acho que ele veio.

Eu tenho a impressão de que estou andando por horas, mas nada parece mudar, até que eu vejo algo, uma forma distante dentro do rio, uns cem passos à minha frente. Com a claridade e as cores, é difícil distinguir o que é, mas isso não me impede de continuar andando naquela direção. De novo, talvez não seja a ideia mais esperta.

Cerca de trinta passos mais perto, eu reconheço que a forma diante de mim é humana. Isso me faz parar por um segundo. Quem mais estaria aqui? Poderia ser uma alma passando pelo rio, mas não só ela não está se mexendo como a energia é muito diferente. Não está viva nem morta.

Como se tivesse perdido controle das minhas funções motoras, eu volto a andar, cada vez mais rápido, minha caminhada se tornando uma marcha, depois uma corrida, até que eu estou diante de uma mulher, de cabelos loiros quase brancos e um vestido preto até nos pés, seus olhos violeta.

Eu estou parada diante de mim mesma.

É estranho, ela sou eu, mas tem algo diferente. Ela parece mais velha, sua postura levemente diferente, o jeito que seu cabelo cai no rosto não é exatamente o mesmo. Mas... sou eu.

Minha respiração volta a ficar difícil, eu não sei o que fazer. Não ouso me mover mesmo querendo correr. Os olhos dela estão encarando os meus e ela está sorrindo quase imperceptivelmente. Eu vejo no rosto dela algo familiar que eu reconheço, mas é diferente de olhar no espelho.

A sensação é desconcertante. Especialmente porque ela não se move, e eu, por algum motivo que não consigo identificar, também pareço estar presa no lugar.

Meus lábios se abrem com a intenção de falar qualquer coisa, mas antes que eu possa emitir algum som, a mulher sorri para mim, levanta o seu braço e seus dedos tocam o meu colar.

Minha visão é invadida por um clarão e eu vejo milhares de imagens ao mesmo tempo, de memórias minhas, sonhos, almas e coisas de que não me lembro e nem consigo identificar. O interior do meu crânio parece estar em chamas e eu dou um grito, sentindo o colar no meu pescoço me puxar como um anzol. Eu não sei se é real ou não, mas tudo está tão confuso, girando e piscando ao meu redor que eu nem me importo.

Eu ainda estou gritando e agarrando as laterais da minha cabeça quando eu sinto o ar mudar ao meu redor. Minha pele começa a ficar gelada e um pouco úmida, e eu percebo que está nevando. Eu estou de joelhos no lago, de volta ao Central Park. E, assim que recupero um pouco dos meus sentidos, eu penso no quanto eu estou agradecida pelo gelo estar grosso o suficiente para sustentar meu peso.

– Katherine! – Vladimir me chama, em pânico, me olhando do outro lado da cerca. Eu levanto minha cabeça, que, apesar do frio, está horrivelmente suada, na direção dele e vejo medo em seus olhos. – Você está bem?

Eu só concordo com a cabeça.

– Você precisa sair daí. Agora! – suas mãos estão apertando a cerca de metal, deixando os nós dos dedos brancos.

Com cuidado, eu me levanto, testando o gelo abaixo dos meus pés, um passo de cada vez. Meu grito parece ter atraído a atenção das pessoas daquele lado do parque e, agora que eu estou de pé no gelo, um público razoável se reuniu na região. Vlad não deve estar nem um pouco feliz, mas no momento eu estou mais preocupada em chegar até a margem do que com a potencial bronca que eu vou levar.

Felizmente, antes da polícia aparecer, eu chego sã e salva de outro lado da cerca. Algumas pessoas se aproximaram e até oferecem ajuda, mas eu recuso educadamente, mantendo minhas mãos próximas do corpo. Vlad sorri com o máximo de charme que eu já o vi exibir, se desculpando pela "sobrinha" e murmurando qualquer desculpa. Ele me guia para longe do pequeno grupo de pessoas, apertando o passo da forma mais natural possível até chegarmos ao carro.

Assim que eu bato minha porta e Vlad arranca com o carro, misturando-se ao trânsito da cidade, ele finalmente suspira e relaxa contra o assento. Eu ainda estou meio tensa, mas ao menos estou viva.

– Você está viva? – Vladimir pergunta mais uma vez.

– Estou – eu respondo, imagens ainda voltando para a minha visão.

– Você conseguiu, Kat – ele diz, quase sorrindo. Quase. – Você fez a travessia e, mesmo que a volta precise de um pouco de prática, você está viva e bem. Eu sabia que você conseguiria.

– É. – Eu sorrio de volta. Eu não tenho coragem de dizer que, embora eu realmente tenha quebrado uma barreira e esteja genuinamente satisfeita com o progresso, eu não posso deixar de sentir que outro problema acaba de aparecer.

E eu vou ter que lidar com ele sozinha.

* * *

Vladimir me faz repetir a travessia várias vezes nos dias que se seguem ao incidente no Central Park. Eu não menciono a mulher para ele e – para bem ou mal – não a vejo mais. Talvez eu devesse falar alguma coisa, mas por algum motivo isso me parece muito pessoal.

Para o crédito de Vladimir, a insanidade de vezes com que ele faz que eu treine me deixa exausta, mas também me deixa cada vez mais confortável com tudo, minhas habilidades parecendo cada vez mais naturais e mais parte de mim.

Estranhamente, quando Rebecca me convida para uma saída de Ano Novo em – de todos os lugares – Times Square, Vladimir é o primeiro a apoiar a ideia cem por cento. Justamente pelo fato de multidões me apavorarem, ele acha que seria uma ótima oportunidade de enfrentar esse medo e entender que, com o controle das minhas habilidades, eu não preciso fugir desse tipo de situação. Mas mesmo a minha parte social não consegue entender o apelo de ser esmagada por milhares de turistas bêbados para ver uma bola brilhante cair no Ano Novo.

Rebecca jura que todo ano é muito divertido e eles sempre vão para uma festa por perto logo depois da contagem. Quando Roxie, Eric, Rebecca, Nick, Lila e mais meia dúzia de pessoas insistem, eu me sinto tão feliz por estar sendo convidada a fazer parte de uma tradição de um grupo pequeno de amigos que é impossível dizer não.

Meu Deus, como eu sou fácil.

* * *

Ao contrário da manhã de Natal, quando Vlad demonstrou a mínima presença de emoções no seu corpo de lata e me deu o dia de folga, no dia trinta e um de dezembro ele me faz ler livros, fazer travessias, dar socos e correr como um hamster até o Sol se pôr. Na verdade, se Rebecca não tivesse vindo me buscar na academia aos berros de que eu nunca ficaria pronta se não começasse a me arrumar "i-me-di-a-ta-men-te", eu suspeito que teria passado o Ano Novo puxando pesos.

Naturalmente, eu não preciso de três horas para me aprontar a não ser que eu esteja me vestindo de gueixa ou com uma armadura medieval completa, mas qualquer coisa que me tire da esteira é mais do que bem vinda. Mas, por mais que eu deteste o ritual feminino que antecede grandes ocasiões, eu amo que Rebecca se envolva tanto com isso.

Quando nós nos conhecemos, eu a evitava como a peste, não suportava o fato dela me tratar como um projeto inacabado. Eu estava tão satisfeita em ser miserável sozinha, em passar meus dias remoendo a injustiça da minha situação e sentindo pena de mim mesma, que a imagem rosa e alegre e luminosa de Rebecca me deixava louca.

Mas Becks tem uma capacidade de fazer o mundo se apaixonar por ela. Talvez seja parte dos seus poderes – sobre os quais eu não sei quase nada – mas, por mais que eu estivesse resistente, depois do vigésimo jantar feito para mim, do trigésimo presente comprado, de cada gentileza e demonstração gratuita de afeto, ficou difícil continuar resistindo.

E agora, sentada diante do espelho, olhando enquanto ela puxa meus cabelos e aplica todo tipo de produto no meu rosto, eu me lembro de que, embora eu tenha achado um lugar, eu já tinha uma família. E eu sou infinitamente grata por isso.

Rebecca está fazendo os últimos ajustes na própria maquiagem quando Roxie bate na porta do quarto e a abre, sem esperar resposta.

– O carro chegou – ela diz, inclinando-se para dentro do quarto, sua mão direita no batente da porta. Ela está vestindo uma calça preta rasgada, uma blusa prateada de mangas compridas por baixo de uma jaqueta preta. Seu cabelo é uma mistura de madeixas pretas, rosa e prateadas.

– Carro? – eu pergunto, olhando de Roxie para Rebecca.

– Nós viajamos com estilo, Mortícia – Roxie diz, antes de desaparecer corredor adentro. Eu a escuto batendo em outras portas com entusiasmo e falando exatamente a mesma coisa. Eu rio.

– Pode ir na frente, Kat – Rebecca diz, ainda ajustando flores de brilhante no cabelo. – Eu alcanço vocês no carro.

– Tudo bem – eu respondo, me sentindo meio nervosa de sair do quarto sem Rebecca. Eu respiro fundo, arrumo pela última vez meu vestido preto e saio do quarto, esperando ver Roxie ainda batendo em portas, mas ela é tão energética e rápida que parece ter terminado sua função de mensageira.

Descendo as escadas, eu olho em volta, esperando ver muito movimento, mas tudo indica que nós somos as últimas a saírem. A porta da casa está aberta e eu escuto vozes do lado de fora.

Eric grita qualquer coisa para alguém enquanto entra na casa, sorrindo. Ele começa a subir as escadas ainda olhando para trás e, quando ele se vira e me vê, para. Faço o mesmo.

– Kat – ele diz, alguns degraus abaixo de onde eu estou.

– Ei, Eric. – Eu não consigo pensar em mais nada para dizer, então fico parada na minha melhor postura de idiota por tempo suficiente para deixar nós dois desconfortáveis.

– Rebecca ainda está... – ele só aponta para o segundo andar.

– Ela disse que já ia descer – eu respondo, ainda parada.

– Ah. – Ele faz uma pausa. – Bom, é melhor eu ir dar uma apressada ou nós vamos passar o Ano Novo aqui.

Eu dou uma risada completamente desproporcional à piada e ele sorri, mas eu tenho a impressão de que é mais um gesto de solidariedade do que qualquer outra coisa.

Ele passa por mim, subindo dois degraus de cada vez, o cheiro do seu perfume passando com o vento. Eu desço as escadas, meu rosto roxo e resmungos involuntários saindo da minha boca.

– Ei, Kat – eu estou prestes a pisar no último degrau quando ele me chama do andar de cima. Eu me viro e ele diz: – Eu não quero ajudar a perpetuar o estereótipo, mas preto definitivamente é a sua cor.

Ele sorri e me olha por alguns segundos, mas é suficiente para que meu rosto pegue fogo. Eu sorrio de volta e ele se vira, satisfeito, batendo na porta do nosso quarto.

Assim que eu saio pela porta, meu queixo cai.

Uma limusine preta está parada bem em frente à casa, música e vozes vindas do lado de dentro. Antes que eu possa criar coragem para ir até o carro, eu sinto um abraço por trás que quase me faz ter um infarto.

– Que tal? – É Rebecca, sorrindo para a limusine e para mim, em turnos.

– Vocês realmente gostam de Ano Novo – eu digo.

Ela sorri em resposta e sai saltitando em direção ao carro. Um homem de terno e quepe de motorista se apressa em abrir a porta para ela e Rebecca olha para mim, erguendo as sobrancelhas antes de entrar no carro.

O motorista olha para mim e Eric, que está bem ao meu lado, esperando. Eric dá de ombros, olha para mim e desce para o carro. Eu sigo, bem atrás dele, fazendo o máximo para conter meu entusiasmo e ansiedade puramente adolescentes.

Quando eu entro no carro, sou recebida por torcidas, assovios e gritos. Roxie ri quando eu sou forçada a me espremer ao lado de Eric, mas ei, eu não estou reclamando.

Todos nós estamos vestidos de preto, o que torna muito difícil saber onde um corpo começa e outro termina no couro escuro do assento, especialmente com a iluminação baixa, mas ninguém além de mim parece estar pensando em algo tão estranho.

Roxie está segurando uma garrafa de champanhe e não demora para que ela me ofereça uma taça. Por uma fração de segundo eu penso em recusar, mas minha mente não consegue pensar em uma razão pela qual eu faria isso, então aceito com um sorriso.

– Um brinde! – Roxie diz, erguendo seu copo a um centímetro de bater no teto. – À nossa mais nova e valiosa integrante.

Todos gritam e erguem seus copos em resposta, e eu faço o mesmo. Normalmente eu estaria preocupada com a minha proximidade destas pessoas, especialmente quando álcool e um carro em movimento estão envolvidos – embora, com o trânsito, ele não esteja se movendo muito rápido – mas não hoje. Eu não sei se é graças ao treinamento ou se é a minha vontade de ter uma noite de Ano Novo irresponsavelmente normal, mas quem liga? Eu estou aqui, agora, com pessoas que entendem quem –e o que – eu sou e eu não consigo pensar em um cenário mais ideal.

Depois de mais ou menos cinco ou seis quarteirões eu entendo o porquê de nós termos saído tão cedo. É quase impossível perceber que nós estamos nos movendo, o trânsito está completamente caótico e só piorando quanto mais perto nós chegamos da Times Square.

– Becks – eu sussurro, meio gritando na verdade, já que a música no carro é tão alta. – Como nós vamos chegar lá mesmo?

Roxie parece escutar minha pergunta, já que ela faz sinal para que eu espere e se levanta, suas botas quase fazendo buracos no couro do assento quando ela coloca praticamente seu torso inteiro para fora do teto solar. Menos de dois minutos depois ela volta para dentro, esfregando os braços de frio.

– Mortícia tem razão – ela diz. – Nenhum carro vai sair daqui por algumas horas. Vamos terminar o champanhe, absorver o máximo de calor que conseguirmos e caminhar!

Talvez seja o champanhe falando, mas a ideia de Roxie é recebida com palmas e gritos de aprovação, e eu não ouso discordar. Ela serve mais uma rodada e nós passamos a boa parte da próxima hora rindo e contando casos que não têm nada a ver com a rivalidade entre a Ordem e a Legião, mesmo que elas meio que sejam sobre isso. Todos ali passaram por situações onde quase morreram, mas talvez o segredo para a leveza deles – e da sua sanidade – seja encarar essas situações de um jeito positivo. Mais fácil falar do que fazer, eu suponho.

Minha cabeça já está levemente anuviada quando Roxie finalmente anuncia que está na hora de irmos. Todos saem do carro quase ao mesmo tempo. Eu hesito por um segundo, meu coração acelerando quando eu escuto o barulho das multidões se dirigindo para a Times Square. Mas a minha fobia natural – e altamente justificada, eu devo dizer – ainda é menor do que a minha vontade de participar desta noite.

Nós não somos os únicos a tomar a decisão de andar e certamente, apesar da nossa alegria, não somos os mais empolgados. Muitas pessoas estão caminhando aos tropeços e risadas, agarrando garrafas envoltas em sacos de papel, atravessando entre os carros com perfeita segurança, já que a única ação vinda do trânsito neste momento são buzinas.

A cada passo que nós damos no percurso de quase dez quarteirões, eu me parabenizo pela decisão de não usar saltos. Apesar de que Rebecca não parece estar se importando muito. Quando nós viramos a esquina que nos leva ao nosso destino, eu congelo.

Eu morei em Nova York minha vida inteira, mas eu posso dizer, com tranquilidade, que nunca vi tantas pessoas por metro quadrado. Nós estamos no ponto onde podemos ver a Times Square inteira se estendendo diante de nós, mas o único pedaço de asfalto que eu consigo enxergar é o que está diretamente abaixo dos meus pés.

Um mar de cabeças, iluminado pelo *néon* colorido dos anúncios de cada lado da rua, o barulho de vozes e música completamente ensurdecedor. Eu escuto pelo menos umas doze línguas faladas ao meu redor em menos de dez minutos. É suficiente para deixar uma pessoa completamente tonta.

– Kat! – o grito de Rebecca me tira do meu torpor de observar a multidão se movendo como um tapete animado. Quando eu levanto minha cabeça, demoro alguns nervosos instantes para localizar meu grupo, que já está dez passos à frente, quase sendo engolido pelo mar de cabeças.

– Becca! – eu respondo, me enfiando entre um grupo de turistas, minhas mãos coladas ao peito, enfiadas dentro do casaco. Eu tenho bastante certeza de que, se eu não usasse minhas pernas voluntariamente, eu seria espremida para a frente como pasta de dente saindo do tubo.

Rebecca estende seu braço na minha direção e agarra meu capuz, me puxando para o seu lado.

– Fique por perto, Kat – ela diz. – Eu odiaria passar meu Ano Novo te procurando nessa confusão.

– Onde exatamente nós estamos indo? – eu pergunto, sendo pisoteada.

– Mais perto da tela! – ela responde, animada.

– Becks, nós nunca vamos chegar lá perto, por que não ficamos por aqui mesmo?

– Está tudo sob controle. – Roxie aparece do meu lado, piscando e sorrindo, seu olhar indo de mim até Nick, à frente do grupo. Ele está dando instruções que eu não consigo ouvir para as pessoas à nossa frente e elas estão saindo do caminho, abrindo uma trilha diante de nós.

– Vantagens de um Ventríloquo – Roxie diz. – Eu devia escrever um livro de poesia com esse nome.

Ela gargalha da própria piada e sai saltitando para ficar à frente do grupo e eu não posso evitar de sorrir. E talvez isso me torne uma pessoa horrível, mas ver toda essa gente saindo do nosso caminho desse jeito me faz sentir um pouco... especial.

Graças ao nosso esquema, que seria, sem dúvida, ferozmente reprovado por Vladimir, nós não demoramos *muito* para chegar a um ponto que é perfeito para ver a contagem e a queda da bola. Pessoas ao nosso redor estão sentadas em cadeiras de praia e trouxeram cobertores, o que indica que elas estão ali faz bastante tempo.

Felizmente, nós não precisamos esperar tanto. Antes que possamos perceber, sentimos a multidão ao nosso redor ficar mais animada, e as câmeras de televisão das muitas emissoras presentes se viram para o mesmo lugar em antecipação à contagem que, segundo o relógio gigante, está a menos de cinco minutos de distância.

Eu não posso evitar me juntar à animação ao meu redor. Meus olhos passam por cada pessoa perto de nós, eu vejo casais se abraçando, adolescentes berrando, turistas bêbados batendo fotos e filmando tudo com todos os aparelhos disponíveis, crianças com as pernas ao redor dos pescoços dos pais, observando tudo mais longe do que nós, um sorriso estampando seus rostos.

Um sorriso se abre no meu próprio rosto e eu me sinto ansiosa para começar a contagem, para um novo ano, um novo começo, por mais imaginário e psicológico que esse conceito seja.

No meio de todos os rostos, de todos os olhos brilhando e sorrisos sinceros, eu vejo, por um instante, um que se destaca. Um borrão de cabelos escuros e olhos violeta. Eu tento localizar o rosto de novo, mas só vejo as mesmas pessoas, gritando cada vez mais alto.

Uma fisgada repentina atinge meu estômago e eu solto um gemido que ninguém ouve acima do barulho. Eu agarro meu abdômen e levanto meus olhos.

Minha expressão trava.

Ali, no meio de pessoas se preparando para começar a contagem, eu vejo o rosto mais uma vez e agora não há dúvidas.

Vince.

Ele está olhando para mim, sorrindo, sabendo que eu consigo vê-lo. *Querendo* que eu o veja.

– Eric – eu chamo, minha voz falhando. Ninguém me atende. Meus olhos estão fixos em Vince, temendo que eu o perca de novo. – Eric! – eu grito, e todos ao meu redor imediato olham para mim, incluindo Eric, que para diante de mim. Vendo que eu estou dobrada para a frente, seu rosto fica tenso.

– Kat? Kat, o que foi? – ele diz, com urgência.

– Vince – eu respondo. A expressão dele vai de tensa a furiosa em um instante. Eu aponto para o local onde o vi, mas, quando Eric se vira, não há mais ninguém lá.

– Onde, Kat? – ele me pega pelos ombros e olha nos meus olhos. – Onde ele está?

– Eu não sei – eu respondo, me sentindo tonta. – Ele estava bem ali.

Eric me olha por mais alguns instantes.

– Roxie! Nick! – ele chama, sua voz em modo liderança. Eles aparecem sorrindo, mas a expressão de Eric faz com as deles se fechem também. – Vince está aqui. Fiquem espertos.

Ambos concordam, a mão de Roxie indo automaticamente até sua bolsa preta. Rebecca se aproxima de mim com urgência, seus dedos tocando as veias do meu pescoço. Meu estômago está em nós cada vez piores.

– O pulso dela está fraco, Eric – eu escuto Rebecca dizer. Minha visão está turva, mas ainda é possível discernir o rosto tenso de Eric olhando para mim.

– Eric – eu digo, com esforço. Meu peito parece estar sendo esmagado por um carro. Eric não me ouve, ele está ocupado demais procurando por Vince.

– *Dez!* – o som da contagem sobe como um rugido da multidão.

– Eric! – eu digo, o mais alto que consigo. Desta vez, ele me ouve e corre para o meu lado, se agachando diante de mim.

– Kat – sua voz parece tão distante. – Você está bem?

– Alguma coisa está errada...

– *Nove!* – as pessoas gritam em uníssono.

– Kat, o que foi? O que está errado? – Eric está exaltado agora.

– Eu não sei, eu... – meu estômago se contorce mais uma vez e eu caio de joelhos no chão, atraindo a atenção das pessoas ao meu redor.

– *Sete!* – as demais continuam chamando.

Roxie me vê de joelhos e abandona sua missão de procurar por Vince para se agachar ao meu lado.

– O que diabos está acontecendo? – ela pergunta, sua mão se estendendo para tocar meu rosto. Rebecca a impede, sacudindo a cabeça.

– *Cinco!* – o barulho de vozes está ficando pior.

– Ela está muito fraca – Rebecca diz, seus braços ao meu redor de forma protetora. – Nós precisamos tirá-la daqui.

– Não... – eu murmuro.

– *Três!*

– O quê? – Roxie pergunta, chegando mais perto de mim.

–Não – eu digo, com mais firmeza. – Tem algo errado...

– *Dois!* – a multidão grita. Eric está cada vez mais nervoso. A minha dor piora e minha visão está alternando entre as cores e as luzes do mundo dos vivos e os tons de cinza do mundo dos mortos. Eu vejo as sombras de cada pessoa ao meu redor, suas almas cintilando com energia.

Mas algumas delas, pontos salpicados no mar de pessoas, estão fracas, como velas prestes a se apagar.

Meu Deus.

– Eric... – eu trinco meus dentes.

– *Um!* – Eric me olha, preocupado, ignorando as pessoas ao nosso redor.

– Eric, essas pessoas vão morrer! – eu grito, com tudo que resta da minha energia.

Por um instante eu acho que ele não me ouviu, mas sua expressão lentamente se transforma em uma de choque e compreensão.

– *Feliz Ano Novo!*

No instante em que as palavras são ditas, seguidas de assovios e gritos, um clarão invade minha visão e eu sinto como se alguém tivesse derramado ácido no meu cérebro.

Um grito escapa dos meus lábios quando eu caio no chão, alto o suficiente para ser ouvido acima de tudo. Eu aperto meus olhos fechados e, quando os abro de novo, estou de pé, cercada por formas brancas e cinza.

Não demora para que os prédios, ruas e carros se desfaçam como fumaça. As pessoas desapareceram em seguida, suas formas escuras se fundindo ao ambiente.

Mas não todas.

Uma dúzia de formas fica para trás. Mas elas estão brilhando, brancas e puras, seu aspecto familiar demais para mim. Elas me olham com um tipo de saudade e inocência, suas expressões assustadas.

Elas estão mortas.

Por um instante, eu fico paralisada, sem compreender o que está acontecendo. Em circunstâncias normais, eu ajudaria essas pessoas, guiando-as, mostrando o último caminho que elas iriam percorrer.

Mas não hoje. As circunstâncias não são nada normais, eu consigo ver mais do que sentir que algo está muito errado. Antes que eu consiga me mover, as almas se viram em direção ao rio, suas cabeças girando como se elas tivessem ouvido algo, suas formas se arrastando, hipnotizadas.

Ainda me sentindo desnorteada, eu dou meus primeiros passos em direção ao rio, na esperança de consertar ou ao menos entender o que está acontecendo. Mas, quanto mais eu ando, mais longe eles parecem.

Uma forma está de pé no rio, e todas as almas parecem estar indo em direção a ela. Eu pisco várias vezes, tentando deixar minha visão mais clara, mas tenho a forte sensação de saber exatamente quem ela é. Bom, não exatamente, eu na verdade não faço ideia de quem ela é, mas algo me diz que nós tínhamos nos encontrado antes, no Central Park.

A vontade de descobrir quem ela é parece dar forças para as minhas pernas. Eu corro, o mais rápido que posso, esperando demorar pelo menos cinco minutos para chegar até ela; mas alguma coisa acontece, é como se o mundo ao redor de mim acelerasse em uma fração de segundo e, antes que eu pisque, seus olhos estão diante dos meus.

Desta vez, ela não está sorrindo de forma maliciosa. Seu rosto é a perfeita expressão da fúria. Eu recuo, mas ela cobre a distância entre nós com um passo, seus cabelos flutuando ao redor dela como se estivessem debaixo d'água.

Ela aperta seus olhos para mim e, antes que eu possa reagir, ela agarra meu colar com violência, me fazendo dobrar de dor e fechar os olhos de novo.

Eu sei que estou de volta antes de abri-los. Gritos e sirenes me cercam por todos os lados e, naquele momento, eu só quero desaparecer. Eu não quero estar ali mais, não quero ver pessoas chorando e correndo e lidar com tudo isso, o que quer que seja. Mas é claro que isso é impossível. E fugir da situação não vai fazer com que ela deixe de existir.

– Kat! – eu escuto a voz de Eric me chamando, e meus olhos se abrem para o caos ao meu redor. Eu estou agachada no chão e pessoas estão correndo em volta de mim, passando a centímetros do meu rosto. Eu tento localizá-lo, minha cabeça virando de um lado para o outro, mas ele me acha antes.

– Kat – ele me puxa pelo braço para que eu fique de pé. – O que aconteceu?

– Eric, as pessoas estão morrendo – eu digo, minha voz falhando.

– Eu sei – ele responde, preocupado. – Nós precisamos sair daqui. Vamos.

Eu concordo com a cabeça e me levanto, deixando Eric me guiar pela multidão. Pequenas concentrações de pessoas estão espalhadas em círculos e, no centro de cada um que eu consigo ver, está uma pessoa, deitada no chão, completamente imóvel.

Eric continua a me guiar, seu braço em volta dos meus ombros. Roxie e os outros ao nosso lado. Eu tento andar o mais rápido que posso, mas minhas pernas estão cedendo embaixo de mim. Meu joelho falha e eu caio no chão, minhas mãos acertando o pavimento com força.

Rebecca toca meu rosto, seus olhos ficando tristes.

– Eric, ela está fraca. Nós precisamos parar.

Eric olha para mim e para os carros de polícia e ambulâncias chegando.

– Nós não podemos parar. Ela não está segura aqui.

Ele põe meu braço ao redor do seu pescoço e me tira do chão em um movimento, me carregando como uma criança pela rua.

Nós andamos seis ou sete quarteirões até o carro que está nos esperando em uma rua lateral. Eric me coloca no banco de trás e, poucos segundos depois que todos estamos dentro e a porta fecha, eu apago.

7

Eu acordo no sofá da biblioteca, um cobertor de lã nas minhas pernas.

– Nós não sabemos. – A voz de Eric vem da mesa ao meu lado. Eu me viro e Rebecca está no caminho, sorrindo para mim.

– Você está segura, Kat – ela diz. – Como está se sentindo?

Eu sorrio rapidamente e sento no sofá, esfregando meus olhos. A conversa para e todos olham para mim. Vladimir está sentado com eles, visivelmente perturbado.

– Mil desculpas, Katherine – ele diz. – Nós íamos colocar você no seu quarto, mas a situação é um tanto... urgente.

– Claro. – Ainda estou meio tonta.

– Eric me contou a versão dele dos eventos, mas eu acredito que a sua história pode ajudar a iluminar um pouco o que aconteceu de verdade esta noite. – Vladimir parece mais cansado do que tenso, como se ele tivesse passado muitos anos esperando algo horrível acontecer e a expectativa o tivesse envelhecido. E agora ele está considerando as consequências.

– Para ser sincera, Vlad – eu respondo, tentando organizar meus pensamentos –, eu não sei de quanta ajuda eu posso ser, eu não vi nada.

– Como assim?

– Logo antes da meia noite, eu vi Vince. Ele sorriu para mim, como se soubesse que alguma coisa ia acontecer. Depois disso eu senti muita dor e, antes que pudesse entender o que estava acontecendo, tinha feito a travessia.

– Involuntariamente? – a pergunta de Vlad tem um tom de acusação.

– Eu nunca senti nada assim antes, Vlad! – eu me defendo, meio aos berros. – Todas aquelas pessoas, ao mesmo tempo. E algo a respeito de como elas morreram era tão... bizarro.

– O que você quer dizer com isso? – Eric pergunta.

– Todas as vezes em que senti alguém morrer – eu explico –, foi algo gradual para mim. Eu conseguia sentir a energia vital deles se esvaindo, lentamente. É a única forma de impedir que alguém... bem... termine a travessia.

– E desta vez? – Vladimir pergunta, movendo-se um pouco mais para a frente na poltrona.

– Foi como uma explosão. Em um minuto em estava sentindo todas aquelas pessoas e, no outro, quinze delas tinham desaparecido, de uma vez só. Eu as vi do outro lado, mas... não havia nada que eu pudesse fazer.

– Está tudo bem, Kat – Eric diz, com um sorriso cansado, mas gentil. – Não é culpa sua.

– Katherine – Vlad quase atropela as palavras de Eric com as suas. – Você viu mais alguém lá? Além de Vince? Minha irmã, talvez?

Eu sacudo a cabeça, desviando meu olhar. Talvez eu devesse mencionar minha gêmea do mal do além, mas por algum motivo isso parece pessoal demais para dividir no momento.

– Você realmente acha que foi Valentina? – Roxie pergunta, seus olhos mais arregalados do que de costume.

– Não está acima dela matar inocentes para mandar uma mensagem – Eric diz, amargo.

– Não – Vladimir diz. – Eu concordo que minha irmã está muito além dos limites do certo e do errado, mas ela não é estúpida. Isso não foi só sobre mandar uma mensagem, tem mais alguma coisa que não estamos vendo.

– Valentina também não é mágica – Rebecca diz, sentando-se ao meu lado. – A não ser que Ilusionistas tenham uma habilidade secreta de matar a distância sem deixar vestígios, como exatamente ela é culpada?

– Hm. – Vladimir se levanta, apertando a ponte do nariz e andando de um lado para o outro. – Katherine, eu não posso deixar de pensar que isso tem a ver com você. Minha irmã ainda não desistiu de te ter na sua caixa de troféus.

– E ela está disposta a matar inocentes por isso? – Eu me levanto, repentinamente, e uma onda de tontura me invade, fazendo com que meus joelhos tremam. Eu quase caio, mas Eric corre para o meu lado e me segura, Rebecca o ajudando.

– Eu estou bem, só levantei rápido – eu digo, embora esteja vendo duplo. Rebecca e Eric me deitam no sofá e Roxie se apressa em trazer um copo d'água, que eu bebo devagar.

Rebecca me olha nos olhos e eu vejo, pela primeira vez naquela noite, que ela está sem suas lentes. Ela pousa as mãos gentilmente nas laterais do meu rosto e o seu próprio se contorce em uma expressão de concentração.

– Ela está fraca, Vlad – ela diz, seus olhos fechados. – Eu posso dar um pouco da minha energia, mas eu não sei o que está errado.

Rebecca está assustada, o que me deixa, no mínimo, apavorada.

Vlad, por sua vez, parece mais curioso.

– Katherine, eu sugiro que você descanse hoje à noite. Rebecca, faça o que puder para deixá-la mais confortável. Nós temos trabalho a fazer pela manhã.

– Vlad – Eric se levanta. – Kat não está em condições de treinar.

– Infelizmente, Eric, eu acho que o período de treinamento acabou. Está na hora de ficar um passo à frente da minha irmã.

* * *

Eu acordo com Rebecca dormindo no chão, sua cabeça apoiada na minha cama. Ela insistiu em ficar perto de mim, me dando energia e me monitorando caso eu precisasse de ajuda. Eu tentei apontar o fato de que nenhuma ajuda seria tão urgente que não haveria tempo de ela chegar da sua cama até a minha, mas ela não meu deu ouvidos.

A noite de sono me dá mais concentração, mas não foi exatamente a renovação de energia que eu estava esperando. Mesmo que eu tenha acabado de acordar, eu sinto como se tivesse sido atropelada por uma manada de elefantes. E, aparentemente, não foi por falta de horas de sono, já que o Sol está se pondo na nossa janela.

Uma batida na porta faz com que eu me vire subitamente e Rebecca arqueja, abrindo os olhos em um estalo.

– Quem?! – ela grita, ainda meio dormindo.

– Está tudo bem, Becks, é só a porta.

Ela olha para mim como se ainda tentasse lembrar exatamente onde estava e quem eu era, e eu rio.

Outra batida a motiva a se levantar, esfregando os olhos e o pescoço. Eu marcho até a porta, abrindo-a com um pouco mais de violência do que é necessário.

Vladimir está parado do outro lado, vestido em um terno preto impecavelmente passado, uma gravata fina da mesma cor e os cabelos vermelhos penteados para trás.

Eu recuo um passo, mais de choque do que susto. Vladimir normalmente delega suas tarefas de mensageiro. Ele deve estar realmente com pressa.

– Como você está se sentindo, Katherine? – eu tenho a impressão de que sua pergunta é mais uma exigência de que eu esteja bem do que uma indagação genuína.

– Bem – eu respondo.

– Excelente. Perdoe a intrusão, mas, como eu disse, nós temos coisas para resolver.

Quando eu não respondo e ele não se move, Rebecca aparece do meu lado.

– Nos dê um momento para trocar de roupa, Vlad – ela diz, sorrindo.

– Claro – ele responde, sem sorrir de volta. – Eu estarei lá fora.

Rebecca sorri de novo e fecha a porta, sacudindo a cabeça e revirando os olhos.

Depois de um rápido banho e uma necessária troca de roupa, eu saio para encontrar Vladimir, exatamente como em todos os dias de treinamento dos últimos meses. Só que desta vez Eric está com ele e nenhum dos dois parece muito feliz. Mas quem estaria?

Eu certamente não estou. Ainda que Eric e Roxie e todos os outros tenham me assegurado de que a culpa pelas mortes daquelas pessoas não foi minha, eu me sinto culpada. Não é exatamente meu trabalho impedir que coisas como aquela aconteçam? De que adianta todo o treinamento se, na hora que importa, eu não faço a diferença?

Ou pior. E se, de alguma forma, o meu treinamento, o aumento dos meus poderes, me permitiu fazer aquilo? E se a culpa foi *diretamente* minha?

Não. Não, eu saberia.

Certo?

Eric sinaliza para que eu entre no carro e eu obedeço com um sorriso, sacudindo a cabeça, tentando tirar pensamentos sombrios da minha mente. O silêncio dentro do carro enquanto cruzamos ruas e avenidas certamente não ajuda a me distrair e manter minhas teorias autoflagelantes longe da minha atenção.

Embora eu esteja familiarizada com a maior parte das ruas de Nova York, especialmente as mais escuras, o nosso caminho me parece *particularmente* familiar.

– Ahm... Eric – eu sussurro, com medo de atrapalhar a direção precisa de Vladimir. – Aonde nós estamos indo?

– Ao Noturno – Vladimir responde, antes que Eric tenha a chance.

– O quê?! – eu esqueço minha intenção de ficar quieta. – Por quê?

– Isso pode ter lhe escapado, Katherine, mas pouca coisa acontece nesta cidade sem que o Chefe fique sabendo.

– Eu sugeri ao Vlad que o Chefe podia ter alguma informação sobre Valentina, considerando que eles já trabalharam juntos no passado – Eric explica. – Nós não temos nenhuma pista, ele é nossa melhor opção.

Eu me lembro da missão que Valentina arranjou para que eu pegasse no Noturno, a mesma que quase me matou e a mesma que me jogou no meio de toda a confusão entre a Ordem e a Legião. Mas mesmo assim não me parece fazer valer a pena confiar nele. Se o Chefe está envolvido nisso, ele tem seus próprios planos.

Para ser sincera, depois de sair da última situação que eu tive no Noturno, eu não olhei para trás. Não pensei no Chefe ou no que ele significou para mim, tentei ocupar minha mente com os novos problemas que estavam aparecendo na minha frente todos os dias.

Talvez tenha sido a minha forma de fingir que nada que eu fiz antes de conhecer Eric ou Vince era real. A técnica funcionou relativamente bem, eu diria.

Até agora.

Entrar no Noturno de novo é como olhar para todos os meus demônios de frente. É estranho, não faz tanto tempo que eu estive aqui pela última vez, mas parece que foi há uma vida inteira atrás.

– Ei, Leo – eu digo para o homem de terno, parado como uma

estátua de cera na primeira porta. Leo se vira para mim, apertando os olhos como se tentasse enxergar algo a distância.

– Kat? – ele diz, confuso.

– Quem mais?

– Meu Deus, Kat, me desculpe – ele ri, passando a mão pela cabeça raspada. – Você está... diferente.

– Ahm, obrigada – eu digo, sem saber como reagir. Leo ri de novo e faz sinal para que eu entre, mas, quando vê Vladimir, seu sorriso desaparece e ele só cumprimenta com a cabeça.

Eu olho para trás depois que entramos, a tempo de ver Leo falando com o comunicador preso à sua cabeça. O gesto é admirável, mas, considerando o silêncio que segue nossa entrada, o Chefe não precisa ser avisado de que nós estamos aqui.

Vladimir atravessa o salão, atraindo olhares de todas as mesas. As únicas pessoas que não parecem conscientes do que está acontecendo são os clientes, facilmente identificados pelas roupas chiques demais para o ambiente, pelos olhares perdidos e pelas tentativas poéticas de serem discretos em um lugar onde todos só estão interessados no que eles podem pagar.

A mulher que me permitiu ir para uma das salas dos fundos há alguns meses está esperando, mas sua postura é menos debochada desta vez. Vladimir não precisa dizer nada, ela simplesmente faz sinal para que nós a sigamos e nos guia até a sala no fim do corredor. Vladimir agradece e dá duas batidas de leve na madeira, mas não espera nenhuma resposta antes de entrar.

O Chefe está atrás de sua mesa de madeira escura, sua forma vasta emoldurada pelo couro cor de vinho da poltrona onde ele está sentado. Ele guarda uma caixa de metal em uma gaveta e a fecha, levantando-se no processo.

– Vladimir – ele diz, alisando o terno cinza e posicionando as mãos atrás das costas enquanto anda lentamente na nossa direção. – Eu estaria mentindo se não admitisse que estou *muito* curioso com o que te traz aqui.

– Algo me diz que você está bem menos surpreso do que quer parecer, *Chefe*. – Vlad diz a última palavra com desdém, como se a considerasse uma piada.

– Eu esperava que você tivesse respeito suficiente por mim para falar exatamente o que quer ao invés de fazer insinuações como um adolescente irritado, *Vlad*. – o Chefe responde no mesmo tom, mas Vladimir não parece afetado.

– Ah, eu posso garantir que eu estou sendo extremamente sensato, considerando o nível de respeito que tenho por você – ele diz, sentando-se em uma das cadeiras com uma postura que consegue ser relaxada e intimidadora ao mesmo tempo.

– Só porque eu escolhi não me aliar a nenhum de vocês, meu velho amigo... – o Chefe começa, mas Vlad o interrompe, levantando um dedo.

– Ah, mas isso não é exatamente verdade, é? – ele diz, sorrindo. O Chefe tem a decência de parecer confuso.

– O Noturno é território neutro, Vladimir, você sabe disso.

– O Noturno pode até ser, mas qualquer idiota sabe que você não é.

– Escute aqui, se você veio fazer acusações...

O Chefe para de falar e dá um passo atrás quando Vladimir se levanta de um salto e cobre a distância entre eles em um piscar de olhos.

– Você é um gângster, Chefe. Você fica na sua fortaleza de fumaça e dinheiro, mandando crianças para fazer o seu trabalho sujo. – Vlad está quase sussurrando, a centímetros do rosto do Chefe, mas é como se ele estivesse berrando. É prazeroso ver alguém que não eu do outro lado da sua fúria, mas esta é uma face dele que eu nunca tive o desprazer de presenciar. – E enquanto você não causasse danos demais, eu estava perfeitamente feliz em te deixar aqui, com suas ilusões de poder, sentado no trono do seu reino imaginário. Acredite em mim, eu tenho mais o que fazer. Mas as coisas mudaram, não é? Você resolveu entrar na liga principal, quebrar seus votos e se meter onde não devia.

– Eu não sei do que você está falando – o Chefe responde, ainda sem se mexer, mas não parece convencido das suas próprias palavras.

Vladimir sacode a cabeça e a deixa pendente como se estivesse profundamente cansado. Então, Eric solta um rugido e salta sobre a mesa, cem por cento transformado – e eu solto um gritinho nada digno, porque, quando diabos ele se transformou?

O Chefe não grita, mas fica visivelmente bem mais nervoso.

– É assim que você resolve seus problemas agora, Vladimir? – ele pergunta, sua voz meio trêmula, mas eu tenho que dar a ele um pouco de crédito por não ter caído de joelhos com Eric rosnando a centímetros do seu rosto. – Você solta seus cachorros nas pessoas?

Vlad agarra o Chefe pelo pescoço e o prensa na parede, tirando-o do chão. Eu nunca o vi fazer tanto exercício.

– Acredite em mim, seria extremamente misericordioso da minha parte deixar Eric despedaçar você aqui mesmo. Não é nada comparado ao que eu faria – Vlad sorri.

Considerando que ele poderia destruir a mente do Chefe, eu acredito nele. E o Chefe também parece acreditar.

– Para quem critica meus métodos, você certamente não esconde o seu lado feio – ele diz, ofegante, trincando os dentes. – O que você quer?

– Eu quero saber o que Valentina está fazendo.

– Seu palpite é tão bom quanto o meu – o Chefe responde, a voz rouca. Vladimir o aperta ainda mais, levantando seu corpo mais dez centímetros do chão. Eric rosna.

– Quinze pessoas morreram ontem e o lacaio mais fiel de Valentina estava lá. Ela sem dúvida não estava longe. E todos sabem que vocês andam *bem* próximos nos últimos anos. Certo, Kat?

Eu não respondo imediatamente, porque sinceramente não esperava ser incluída na conversa.

– Ah, é, claro – digo, por fim, meio tropeçando nas palavras. O Chefe me olha com fogo nos olhos, mas isso surte menos efeito do que teria há alguns meses.

– Eu não sei o que Valentina está fazendo.

Quando Vlad aperta seu pescoço ainda mais, as mãos do Chefe se agarram às mangas do seu terno, tentando se livrar do aperto.

– Ela não confia em mim!

– Você a ajudou com Katherine no passado e isso é algo que ela *realmente* queria, então eu presumo que deve existir *algum* amor entre vocês.

–Ela só queria um contato – o Chefe diz, sua voz áspera e quase inaudível.

Vladimir o larga, deixando-o cair tossindo de joelhos no chão.

– Que contato? – Vladimir pergunta, olhando para ele.

– De uma Feiticeira – o Chefe responde, entre dois acessos de tosse.

– Por quê?

– Eu não sei. Eu só dei o contato e ela sumiu.

– E como, exatamente, você conseguiu o contato de uma Feiticeira? – Eric pergunta, desconfiado.

– Ela veio ao Noturno um dia, disse que alguém ia precisar dos meus serviços e que eu podia encontrá-la naquele endereço.

– Ela sabia que Valentina estava vindo? – Vlad pergunta.

– Como eu vou saber? – o Chefe limpa um pigarro da garganta. – Eu sou mais inteligente do que isso. Por que eu questionaria uma mercadoria tão rara?

Vlad olha para Eric, ainda em forma de lobo, pega um papel e caneta na mesa e os atira ao chão, bem diante do Chefe.

– Me dê exatamente o que você deu para Valentina – ele diz.

O Chefe obedece, meio relutante, rabiscando algumas palavras no papel e devolvendo-o a Vlad, que coloca a informação no bolso interno do paletó.

– Eu tenho fé que você é inteligente o suficiente para manter este encontro entre nós.

O Chefe não responde, mas Vladimir parece satisfeito. Ele anda até a porta e faz sinal para que saiamos na frente. Antes de sair, Vlad descansa a mão na maçaneta e se vira mais uma vez para o Chefe, que está terminando de se levantar.

– Um prazer fazer negócios com você – ele diz, e bate a porta.

Quando passamos de volta pelo salão principal do Noturno, Eric ainda é um lobo, o que provoca arquejos e gritinhos da parte dos clientes.

Quando já estamos perto do carro, Vlad se vira para Eric.

– Verifique o endereço. Se o nosso amigo tiver dito a verdade, sem dúvida Valentina vai ter pessoas na área.

Eu não sei dizer se Eric dá algum sinal de ter entendido ou não, mas ele salta para as sombras e desaparece poucos metros à frente.

– Não vai chamar um pouco de atenção? Um animal correndo solto pelas ruas? – eu pergunto, deslizando no banco do passageiro.

– Eric sabe se cuidar – Vladimir responde, embora esta não tenha sido exatamente a minha pergunta. Ele entra no lugar do motorista e deixa sua cabeça encostar no banco, fechando os olhos por alguns instantes.

– Vlad – eu chamo em voz baixa, um pouco sem graça por estar perturbando os pensamentos dele. – O que Valentina pode querer com uma Feiticeira?

Eu já tinha ouvido falar de Feiticeiros, muitos clientes do Noturno os contratavam regularmente, mas eles nunca saíam de suas casas. Isso naturalmente provocava todo tipo de rumor sobre o que eles podiam fazer, desde coisas absurdas, como transformar papel em dinheiro, até coisas ridículas como arrumar um namorado para uma festa. Eu nunca tinha visto um e achava que era melhor assim, mas algo me dizia que Valentina não estava atrás de um namorado.

– Eu não sei, Kat – Vlad responde, sem abrir os olhos. – Feiticeiros são como nosso amigo Chefe, nem ali nem aqui. Seus serviços estão à disposição para quem quiser pagar. Pagar *muito.* E claro, encontrá-los. O que quer que seja que Valentina quer com esta mulher, é o suficiente para lhe custar muito tempo e dinheiro.

Vlad se descola do banco e liga o carro, ainda distraído. Eu não digo mais nada, em parte porque não quero invadir os pensamentos dele e em parte porque, quanto mais eu escuto sobre o que está acontecendo, mais eu temo que, eventualmente, eu vá descobrir algo que não quero saber.

8

Vladimir resolve esperar acordado por Eric e eu não consigo pensar em nada melhor para fazer com meu tempo. Então, em um gesto incomum de gentileza, ele faz chá e traz bolos para a biblioteca.

Eu agradeço e me sento perto da janela, dando pequenos goles no chá e observando a neve cair. O ano acabou de começar e aqui estamos, já lidando com morte e mistérios e estresse. Eu só espero que a velha lenda de "como você passa seu ano novo é como o seu ano vai ser" não seja verdade.

Um táxi para em frente à casa e eu me aproximo do vidro, a tempo de ver Eric jogando notas no banco do passageiro e subindo as escadas da casa quase correndo.

Eu me viro para avisar Vlad, que nem se mexeu, mas Eric chega antes de mim na biblioteca, passando pela porta aos tropeços, freando e ofegante. Ele está molhado de neve e, por um instante, eu temo que ele esteja ferido, mas ele não me dá tempo para perguntar nada.

– Vlad – ele diz, olhando para mim brevemente.

– Eric – Vladimir responde, e se levanta. Seu rosto indica que ele também notou que tem algo errado. – Você não a encontrou?

Eric sacode a cabeça, dando vários passos à frente.

– Não, eu... eu achei o lugar – ele diz.

– E?

– Vlad, eu... – Eric parece estar tentando organizar seus pensamentos. – Eu, eu vi Joe.

– O quê? – Vladimir pergunta, inclinando sua cabeça e chegando mais perto. Eu não consigo dizer se sua pergunta foi realmente porque ele não ouviu ou devido à incredulidade.

– Joe. Joe. – Eric repete o nome mais umas cinco vezes até que Vladimir peça para ele se acalmar e se sentar. Eu me levanto e vou até Eric, mas ele não parece me notar.

– O que você quer dizer com isso, Eric? – Vlad pergunta, mais calmo.

– Vlad, eu gostaria que eu estivesse usando alguma expressão bizarra, mas eu o vi. Eu realmente o vi.

– Quem é Joe? – eu pergunto finalmente. Eric me olha, exausto.

– Joseph era uma espécie de "braço direito" da minha irmã alguns anos atrás – Vladimir diz.

– E isso é ruim? Que ele tenha aparecido agora? – eu ainda não entendo o que está acontecendo.

– Joe morreu há três anos – Eric diz, sem parecer acreditar nas suas próprias palavras.

Meus olhos se arregalam e eu me viro para Vlad, procurando a reação apropriada para ter nesse momento.

– Mas... isso é impossível – eu digo.

– Você, de todas as pessoas, Katherine, sabe que isso não é verdade – Vladimir diz. – Só extremamente difícil. E não vem sem um custo muito alto.

– E se ele não morreu? – eu pergunto. – Talvez vocês não saibam...

– Ele estava morto – Vladimir me interrompe. – Isso eu posso garantir. As coisas estão piores do que eu pensava, Valentina está perdendo os poucos limites que tinha. Nós temos que agir agora. Eric, acorde Roxanne e Nick e deixe Rebecca em alerta.

Eric está olhando para o chão, meio hipnotizada.

– Eric! – Vladimir grita, tirando-o do torpor e fazendo-o se levantar.

– Nós estamos indo agora? – eu pergunto, sentindo exaustão nos meus ossos.

– Se nós não estivermos dispostos a acompanhar Valentina, nós nunca vamos ficar à frente dela. Eu espero todos vocês em quinze minutos no carro. Se essa trilha esfriar, nós não teremos para onde ir.

Vladimir some pela porta e Eric me olha com um suspiro, seguindo o mesmo caminho. Eu fico ali parada, porque o que mais eu posso fazer?

A ideia de trazer alguém de volta dos mortos me deixa fisicamente enjoada. Eu tenho outro acesso de tontura e me sento, descansando minha cabeça nas mãos. Vladimir tem razão: Valentina passou dos limites.

Mas eu temo que, antes de tudo isso acabar, eu tenha que cruzar a mesma linha.

* * *

– Que lugar agradável – Roxie diz, do nosso precário ponto de vista em um beco cujo cheiro está me dando dores de cabeça e, eu suspeito, algum tipo alienígena de câncer.

Nós estamos olhando para um prédio de quatro andares que, para qualquer pessoa normal, parece abandonado. As janelas que não estão quebradas estão fechadas com ripas de madeira e os tijolos estão desbotados e quebrados, muitos deles cobertos com grafite ou restos de pôsteres que estão empapados com a umidade. E eu tenho bastante certeza de que, nos vinte minutos em que estivemos aqui, dois assaltos aconteceram na esquina.

– Você tem certeza de que estamos no lugar certo? – Nick pergunta. Eric e Vladimir sacodem a cabeça ao mesmo tempo. Eu ainda estou tentando me acostumar a Vladimir estar nos acompanhando em tarefas de campo, mas aparentemente isso é importante o suficiente para exigir sua supervisão pessoal.

– Eu não teria acreditado se não tivesse visto eu mesma – Roxie diz, e eu sei que ela está se referindo ao homem parado na escada que leva à entrada principal do prédio. Eric tinha dito que era Joe, mas ela não precisava dizer nada. Alguma coisa sobre a energia dele é tão profundamente errada, tão fora de lugar que é impossível me concentrar em qualquer outra coisa.

– Roxie – Vladimir diz, olhando para ela e acenando afirmativamente. Roxie o olha por um breve instante antes de concordar e começar a usar seu pincel no chão.

Dois minutos depois, Roxie produz um arco curto.

– Vlad, isso é realmente necessário? – Eric pergunta enquanto Roxie tensiona a corda e põe a flecha no lugar.

– Eric, o que quer que seja que Valentina está fazendo, *isso* não pode continuar.

– Vlad tem razão, Eric – eu digo, e parece surpreender a todos que eu resolvi me pronunciar. – E é impossível matar alguém que já está morto.

Roxie olha rapidamente para mim e volta a se concentrar no seu alvo. Eu mal tenho tempo de ver a flecha cobrindo a distância entre nós e Joe quando ele é atingido no peito e cai de costas.

Roxie sorri para mim, satisfeita, mas meus olhos ainda estão em Joe. Ele fica no chão, imóvel, por menos de um minuto. Roxie segue a linha do meu olhar e o vê se levantando devagar, arrancando a flecha do peito como se fosse um espinho. Ele a joga no chão e resume sua posição, desta vez procurando a fonte do projétil.

– Que diabos...? – Roxie arregala os olhos.

– Como eu disse – eu respondo, fechando minha jaqueta e jogando meu capuz por cima da cabeça –, não se pode matar o que já está morto.

Eu olho para Vlad, sem dizer nada, mas ele entende a minha intenção e não me impede.

Com o capuz cobrindo a maior parte do meu rosto, eu tiro meu celular do bolso e finjo me engajar em uma conversa enquanto caminho pela calçada. Assim que passo em frente ao prédio, ensaio um tropeço e me agacho para pegar meu celular que supostamente deixei cair.

Uma pessoa normal teria se oferecido para me ajudar, mas Joe não se move e não se distrai. Suspirando, eu me levanto e fico de frente para ele. Em uma fração de segundo, sua expressão vai da passividade ao reconhecimento, mas, antes que ele possa fazer qualquer coisa, eu toco seu rosto, fazendo-o arquejar.

Minhas mãos não esquentam e eu não tenho a sensação de energia sumir do seu corpo. É algo artificial e estranho, mas eu sei que, o que quer que esteja dentro deste homem, está desesperado para sair, para ser devolvido ao seu lugar.

Minha cabeça está pegando fogo e Joe está convulsionando sob as minhas mãos, mas eu não o solto. Minha visão está alternando entre o nosso mundo e o dos mortos, me desorientando, até que eu vejo sua forma, não mais reconhecível do outro lado, se evaporar no ar como fumaça. Eu fecho meus olhos e, quando os abro de novo, Joe está no chão, imóvel, seus olhos fechados. Sua pele está rachada e cinzenta e eu estou ofegante.

Eric chega correndo e para ao meu lado, assegurando-se de que eu estou bem. Quando eu o tranquilizo, seu olhar se volta para Joe, que está se desfazendo como cinzas. Roxie e os outros se juntam a nós e todos ficamos hipnotizados pelo processo acelerado do corpo de um homem se decompondo até que não reste nada além das suas roupas.

– Uau! – Roxie diz, sem tirar os olhos do corpo. – O que está acontecendo, Kat? Nós entramos em um filme de terror da década de oitenta?

Eu não respondo e ninguém parece ter algo relevante a dizer. O que quer que seja, a melhor opção de entender e resolver a situação está dentro desse prédio.

* * *

Me deixa um pouco inquieta que ninguém mais se coloque no nosso caminho quando subimos os três lances de escada, que rangem sob o peso dos nossos pés. No entanto, me ocorre que talvez Valentina não tenha exatamente notificado a mulher, seja ela quem for, que seu apartamento está sendo vigiado. De qualquer maneira, considerando o quanto supostamente é difícil encontrá-la, talvez ela não precise de segurança.

Quando chegamos diante da porta, Vlad se posiciona à frente, ajustando a camisa e suspirando antes de bater duas vezes na madeira. Silêncio. Depois de alguns segundos sem resposta, Vladimir levanta o punho para bater de novo, mas, antes que ele possa tocar a porta de novo, ela se abre.

Eu não sei bem o que esperava, mas tenho certeza de que não é o que nos recebe.

Uma mulher que não deve ter mais de vinte e cinco anos está de pé diante de nós, descalça, com uma calça jeans com mais buracos do que tecido, uma camisa preta que parece ter sido mastigada e cuspida de volta, seu corpo coberto por tatuagens em dezenas de línguas antigas e talismãs de pelo menos vinte crenças diferentes ao redor do pescoço. Seu cabelo branco e azul está preso em um rabo de cavalo espigado e seus olhos violeta estão brilhando por baixo de uma quantidade absurda de delineador.

– Ah – ela diz, se recostando no batente e cruzando os braços. – Eu estava me perguntando quanto tempo ia demorar até você aparecer na minha porta.

– Nós nos conhecemos? – Vladimir pergunta.

– Não você – ela diz para ele. – Você. – Ela aponta para mim, sua expressão meio entediada. Então se vira e entra no apartamento, deixando a porta aberta. Vlad olha para mim, meio confuso, e eu dou de ombros, seguindo-a.

Eu não me considero uma pessoa particularmente organizada, mas esse lugar faz com que pareça que eu tenho transtorno obsessivo compulsivo. O ar é grosso e é possível ver grãos de poeira flutuando e recobrindo todas as superfícies, que, por sua vez, estão cobertas de roupas. As prateleiras nas paredes e qualquer coisa que sirva como mesa é um pedestal para a maior variedade de objetos estranhos, desde crânios de animais a tábuas Ouija. A mulher parece perfeitamente confortável em navegar o labirinto de objetos estranhos, mas o resto de nós tem que se contentar em se desviar de apanhadores de sonhos pendurados no teto e runas que estão espalhadas no tapete como um campo minado.

Vladimir parece fisicamente enjoado e sua expressão indica que ele não está feliz em seguir esta desconhecida para dentro do seu ninho, mas nós não precisamos andar muito mais. Assim que encontra um sofá livre, ela se joga nele, cruzando as pernas e acendendo um cigarro.

Por falta de espaço ou vontade, Vladimir permanece de pé. Seus olhos têm a intensidade necessária para atravessar nossa anfitriã, mas ela não parece se importar.

– Do que eu posso chamá-la? – ele pergunta. Qualquer um pode ver que ele está tendo dificuldades em permanecer civilizado.

– Você pode me chamar do que quiser – ela dá de ombros e traga seu cigarro. – Não faz diferença nenhuma para mim.

– Para o propósito de uma conversa... – ele repete, entredentes.

– Mirena – ela diz, sem alterar sua postura ou expressão.

– Tudo bem, *Mirena*, eu presumo pela sua observação que você sabe por que estamos aqui.

– Você quer saber o que eu ando fazendo? – Mirena olha para as unhas, despreocupada.

– Em especial, com Valentina – Vlad diz, dando um passo à frente.

– Hmm. – Mirena apaga o cigarro em um copo de café quase vazio. – Nada de preliminares com você, hein?

– Nós não temos exatamente muito tempo.

– Não. Eu imagino que não. – A Feiticeira olha em volta de sua cabeça como se observasse um inseto invisível.

– O que isso quer dizer? – eu pergunto. – Que nós não temos tempo?

– Ah, ela fala! – Mirena diz, sorrindo, seus olhos estacionando no meu rosto. – Me desculpe, Katherine, mas eu não discuto meus negócios com clientes.

– Nós não somos seus clientes – Eric interrompe, seu tom mais sério do que raivoso.

– Todos que passam por aquela porta são meus clientes. Agora é só uma questão de estabelecer o que vocês estão aqui para comprar.

– Informação – Vlad diz, sem hesitar.

– Não é exatamente minha especialidade – ela responde, acendendo outro cigarro. – Mas, por um bom preço, tudo é possível.

– Eu dobro o que Valentina pagou. – Vladimir está deixando sua impaciência – ou seu desespero – transparecer, e eu não preciso ser uma especialista em negociações para saber que não é bom mostrar o quanto você precisa do que seu parceiro tem a vender.

– Não é bem assim que funciona – ela diz, se reclinando no sofá. – Você não pode me dar o dobro de algo que é único.

– Eu tenho dinheiro. – Vlad se repete.

Mirena ri, jogando sua cabeça para trás e quase perdendo o fôlego. Ela gesticula para os arredores.

– Que bom para você. Mas te parece que dinheiro importa para mim? – ela pergunta, quase nos desafiando a responder.

– O que você quer então? – Eric pergunta.

Mirena olha para ele como se tivesse acabado de notar que ele estava parado ali – e como se isso não fizesse diferença.

– Eu não me importo com sua causa ou a de Valentina. Vocês podem se matar e berrar a quatro ventos, não afeta muito o meu mundo. Mas, de vez em quando, alguma coisa aparece, interessante o suficiente para me fazer abrir as minhas janelas. – Mirena se levanta e anda até Vlad, soprando fumaça lentamente no seu rosto. – Você não é tão interessante quanto sua irmã, Vladimir. Uma pena.

Vlad abre a boca para dizer qualquer coisa, mas Mirena o interrompe.

– Felizmente para você, sua companhia é. – Seus olhos se viram para mim mais uma vez, famintos. Ela começa a andar na minha direção, mas Eric se coloca entre nós. Ela sorri e volta para o sofá, seus passos preguiçosos.

– Eu te dou o que você quer, Vladimir. Por uma mecha do seu cabelo, Katherine.

– O quê?! – eu pergunto, em uníssono com Roxie.

– Uma oferta perfeitamente razoável, eu lhe asseguro. Mas eu entendo se você precisar de um minuto.

– Vlad... – Eric apela, mas Vladimir o ignora e permanece em silêncio, encarando Mirena.

– Isso é completamente ridículo! – Roxie diz. – Escute aqui, sua hippie, nós estamos sendo *terrivelmente* educados, mas a verdade é que podemos *fazer* você falar, certo, Eric?

– Por mais que tortura não seja seu estilo, eu adoraria ver você tentar –ela responde, inabalada. Roxie olha para Vladimir e para mim, mas nenhum de nós pode oferecer a resposta que ela está procurando. Para ser sincera, tortura está começando a parecer uma ótima ideia.

– Você está no meu território. Quando vocês passaram por aquela porta, concordaram em abrir mão de todas as suas habilidades enquanto estivessem aqui. Vocês não podem me tocar na minha própria casa. Você acha que me encontraram porque foram maravilhosamente espertos ou melhores do que todos os outros que já tentaram? *Eu* deixei que vocês me encontrassem, *eu* permiti que vocês entrassem na minha casa e, embora eu possa parecer uma pessoa de poucas ambições, eu sei como conseguir o que quero. E, acredite em mim, eu tenho um enorme interesse nessa transação. Então por que não saímos da rodada de ameaças e voltamos à de negociações?

Roxie ainda está com as mãos descansando sobre sua bolsa e encarando nossa anfitriã, talvez não convencida pelo discurso ou, mais provavelmente, ainda com muita vontade de produzir uma arma.

– Katherine – Vladimir sussurra para mim –, nós podemos achar outro jeito. Você não precisa fazer isso.

– Nós não temos tempo, Vlad – eu respondo, e gostaria de poder dizer qualquer outra coisa. Me dá calafrios pensar no que esta mulher é capaz de fazer com um fio do meu cabelo, mas, se podemos evitar mais daquele homem do lado de fora, eu não tinha escolha. Depois de tudo que essas pessoas sacrificaram por mim, estou disposta a correr este risco. Ela não parece estar interessada em ajudar ninguém além dela mesma, e, embora isso possa ser um problema, nós tínhamos preocupações mais urgentes. Seja lá o que ela pretende com o meu DNA, é algo com que eu vou ter que lidar depois. Um problema meu, não da Ordem.

– Tudo bem. A informação primeiro, claro.

– Não me surpreende que você tenha problemas de confiança – Mirena diz, sorrindo. – Mas é claro. O que exatamente você quer saber?

– O que você vendeu para Valentina? O que ela queria? – eu pergunto antes que Vlad tenha a chance.

– Eu não sei o que ela quer, exatamente – Mirena diz, olhando para as suas unhas. – Mas ela veio comprar um feitiço.

– Você não pode estar falando sério – eu digo, meus olhos provavelmente demonstrando minha incredulidade. Mirena não parece achar graça na minha observação.

– O que você achou que eu fazia? Dava conselhos e abraços?

– Que tipo de feitiço? – Vlad interrompe.

– Um feitiço de permanência. – Mirena diz as palavras como se o termo fosse óbvio, mas nosso silêncio a estimula a continuar. – Ele impede que almas cruzem para o outro lado.

– Eu achei que só uma Ceifadora pudesse fazer esse tipo de coisa – Roxie diz.

– Ela certamente faria um trabalho melhor do que eu. E eu sou muito boa no que faço. – Mirena cruza as pernas e sorri. – Enquanto alguém com os seus talentos não teria problemas em realizar o feito sozinha, meu feitiço precisa de uma fonte constante de energia e um condutor potente. Duas coisas que não são fáceis de encontrar.

– Condutor? – eu pergunto.

– Um talismã, um objeto com uma conexão pessoal com quem vai receber o feitiço.

– E qual objeto você usou com Joe? – Vlad pergunta.

– Quem? – Mirena inclina a cabeça como um cachorro que escuta algo curioso.

– Joe? O homem que você trouxe de volta à vida? – Eric diz as palavras como se falasse com uma criança.

– Eu não faço a menor ideia do que você está falando. Valentina nunca me disse para quem o feitiço era, ela só me trouxe o talismã. A energia era fraca, mas muito presente.

– Espere um pouco – eu digo, minha cabeça girando. – Há quanto tempo foi isso?

– Não sei dizer exatamente. Alguns meses? – Mirena dá de ombros, como se a coisa toda não fizesse a menor diferença para ela. O que, eu suponho, realmente não faz.

Minha respiração está acelerada e minha mente está repleta de informações, coisas adquiridas nestes últimos meses, meu treinamento. Tudo está tentando encontrar o seu lugar.

– O objeto – eu digo, minha voz meio trêmula. – O talismã que Valentina trouxe. Seria este? – Eu tiro meu colar do pescoço, o colar que Valentina me deu ano passado.

O colar que pertencia à minha mãe.

Mirena pega o objeto e o examina por menos de um minuto antes de confirmar com a cabeça.

Minhas pernas bambeiam, eu me sento na superfície mais próxima, sem me importar com o estado dela.

– Kat... – Roxie tenta dizer, mas Vladimir entra na frente dela.

– Minha irmã te deu esse colar? – ele pergunta, seus olhos arregalados. Eu só concordo. – Então ela está usando você para trazer essas pessoas de volta.

– Não – eu digo. – Valentina não pode usar meus poderes por controle remoto. E mesmo que ela pudesse, eu saberia, eu teria sentido algo.

– O que importa *o que* ela está fazendo? – Roxie grita. – Nós temos que destruir essa porcaria *agora!*

– Ah, se eu puder intervir... – Mirena levanta o dedo como uma criança na sala de aula. – Você não pode destrui-lo.

– Por que não? – Eric pergunta, nervoso.

– Uma transferência de energia precisa de dois lados. O único jeito de acabar com o feitiço é destruir ambos juntos.

– Perfeito – Eric diz, esfregando os olhos. – Valentina provavelmente trancou o outro em um cofre nas profundezas do inferno.

Minha cabeça está começando a doer e eu temo que um cofre não seja exatamente o lugar que ela escolheu.

– Vlad, nós precisamos ir. Agora – eu digo. Vlad me olha, perplexo.

– Por quê? – ele pergunta. Eu olho rapidamente para Mirena e de volta para ele.

– Por favor – eu repito, me levantando.

– Tudo bem – ele responde, e todos começam a se mover em direção à porta.

– Ah, um momento. – Mirena ergue seu braço. – A questão do meu pagamento?

Minha pressa de ir embora é tão grande que eu procuro qualquer objeto afiado ao meu redor. Acabo localizando uma faca que, eu tenho bastante certeza, tem dentes humanos no cabo. Eu passo a lâmina por uma mecha do meu cabelo e ando até Mirena, entregando seu pagamento.

– Um prazer, Katherine. Volte sempre – ela diz, sorrindo, o que é extremamente perturbador, considerando que ela está segurando meu DNA.

– Eu gostaria de poder dizer o mesmo – eu respondo, me virando e saindo do apartamento sem olhar para trás.

* * *

– Katherine! – Vladimir está andando atrás de mim enquanto eu marcho em direção à biblioteca. Ele me chamou durante todo o caminho de volta à Sede, mas eu estava ocupada demais recuperando todas as informações que eu tinha para responder. Uma hipótese bizarra estava se formando e eu precisava confirmá-la o quanto antes.

– Kat! – Eric está logo atrás de Vlad. – O que você está fazendo?

Sem responder, eu entro na biblioteca e começo a puxar um livro atrás do outro, folheando-os atrás da informação que eu me lembro de ter visto, mas preciso confirmar. Felizmente, Vladimir me fez ler e reler cada um muitas vezes, então demora até que eu ache o que estou procurando.

– Vlad – eu digo, me sentindo subitamente muito cansada. – Você tem alguma fotografia da Ordem de quando você era, ahm, mais jovem?

– Claro, por quê?

– Eu gostaria muito de vê-la, por favor.

Vlad olha de mim para os outros, como se alguém pudesse lhe oferecer uma explicação. Quando ele não recebe nenhuma, ele se encaminha para uma das gavetas do outro lado da biblioteca, remexendo o conteúdo.

Meus joelhos estão pulando de ansiedade, e eu poderia jurar que Vlad passa horas procurando pelo que eu pedi, quando na verdade não deve passar de alguns minutos. Ele traz a foto para mim, um papel levemente amarelado que eu praticamente arranco das suas mãos.

Meus olhos passam pelas pessoas na fotografia, um grupo de jovens sorrindo, vestindo roupas pretas e posando como se fosse uma cerimônia de formatura. Eu vejo Vlad, tão jovem e sorridente, seus cabelos cor de fogo na altura dos ombros. Como ele parece relaxado, seus braços em volta de um rapaz e cabelos pretos e...

Lá está ela. Sorrindo, seus olhos quase fechados em uma careta descontraída. Eu vejo tatuagens tão parecidas com as minhas serpenteando de debaixo de sua bata até suas clavículas. Seus cabelos loiros claros estão cortados na altura dos lábios.

Sem querer eu deixo a foto escorregar pelos meus dedos, respirando tão rápido que eu temo hiperventilar e desmaiar. Minhas pernas começam a tremer, e todas as peças do mistério que se formava na minha mente começam a se chocar.

– Kat? – Eric nota meu pequeno ataque de ansiedade e se ajoelha ao meu lado. – Kat, está tudo bem?

– Vlad... – eu digo, ignorando Eric. – A mulher ao seu lado esquerdo na foto. É minha mãe, não é?

Vladimir arregala seus olhos e, depois de uma breve pausa, apanha a foto que eu deixei cair. Tristeza passa pelo seu rosto, rápido demais para ser registrado por qualquer pessoa que não estivesse prestando muita atenção.

– Sim – ele diz, simplesmente. – Era isso que você queria ver? Por que agora, Kat? – Seu tom é triste, como se ele acreditasse que eu estou me torturando de propósito.

– Eu precisava confirmar uma coisa. Eu acredito que sei o que Valentina está fazendo.

Vlad puxa uma cadeira, se sentando de frente para mim e os outros seguem sua deixa.

– Mirena tinha razão. Eu sou o condutor. Mas só uma pessoa poderia manipular a energia de uma Ceifadora. Outra Ceifadora.

– O quê? – Vlad pergunta. – Como isso seria possível?

– Faz um tempo que algo estranho está acontecendo. Eu não mencionei nada porque achei que fosse algo com eu precisava lidar. – Vlad me olha com um pouco de suspeita. – Algo pessoal que, de alguma forma, estava se manifestando. Eu tenho visto uma mulher quando eu faço a travessia. Ela se parece tanto comigo que eu pensei que fosse... eu não sei. Mas, olhando para esta foto e ouvindo tudo que Mirena disse, eu a reconheço.

– Selene? – Vladimir pergunta. – É ela que você tem visto?

Eu confirmo com a cabeça e Vlad se senta devagar.

– Eu não entendo como isso é possível – Eric diz, também se sentando.

– O feitiço de permanência – eu digo. – Parecia óbvio que Valentina fosse usa-lo em alguém como Joe, mas... Uma Ceifadora pode trazer quem Valentina quiser de volta.

– Mas, Kat! – Roxie se aproxima de mim, pousando sua mão no meu ombro. – Isso não quer dizer que... sua mãe está viva? Como você está se sentindo sobre isso?

Eu olho para Roxie, sabendo que minha expressão deveria ser de tristeza, mas eu não sinto nada. A verdade é que eu nunca conheci minha mãe ou tive contato com ela. Por mais culpada que isso faça eu me sentir, é difícil ficar feliz ou irritada com a minha situação.

– Ela não está viva, Roxie. Ninguém pode voltar dos mortos. Não realmente.

– E nosso amigo, Joe? – Roxie pergunta.

– Eu pensei sobre isso – eu digo, um dos livros abertos nas minhas mãos. – E sobre as pessoas na Times Square.

– O que têm elas? – Vlad pergunta, visivelmente ansioso.

– A Morte não gosta de ser enganada, Vlad. Uma alma que é tirada dela, como, por exemplo, Joe, é uma dívida que deve ser paga na mesma moeda.

– Então aquelas pessoas...

– Pagamentos. – Eu interrompo Eric antes que ele conclua seu pensamento. – O que me assusta, francamente.

– Valentina está criando um exército de zumbis – Roxie diz, e seu rosto é uma mistura estranha de incredulidade e curiosidade.

– Kat, você é a única que consegue parar estas... pessoas – Eric diz. – Se Valentina realmente criar um exército...

– Vai ser impossível detê-la. – Vladimir completa o pensamento e se levanta mais uma vez, andando de um lado para o outro. – É o que ela sempre quis, é o que ela queria com você, é o que ela queria com Selene. E agora ela finalmente achou um jeito.

– Espere, o quê? – eu pergunto. – Valentina queria que minha mãe fizesse isso?

– Desde o segundo em que ela descobriu o que Selene podia fazer – Vlad responde. – Em momentos de fraqueza, sua mãe quase cedeu. Valentina podia ser muito persuasiva.

É, eu me lembro.

– Mas, quando sua mãe descobriu que estava grávida, ela ficou com medo do que poderia acontecer com você e fugiu. Ninguém soube o que tinha acontecido até que... – Vlad para, como se pensasse melhor no que estava dizendo.

– Até que o quê? – eu pergunto.

– Até que descobrimos seu corpo – Vlad diz, suas palavras quase sumindo. – A três quarteirões do orfanato onde você foi criada. Demorou anos para sequer descobrirmos que você existia, mas Valentina não desistiu. E agora ela arrumou uma forma de contornar o problema. E envolveu Selene nisso. Nem mesmo eu achei que ela pudesse ir tão longe.

Então era isso. A pergunta que eu sempre quis respondida: por que minha mãe tinha me deixado? Mas eu não tinha sido abandonada. Ela não estava tentando se livrar de mim, ela estava tentando salvar minha vida. Parte de mim se pergunta se eu teria feito escolhas diferentes sabendo disso, mas de que isso importa agora? Eu não posso mudar o passado. Mas eu ainda posso consertar o futuro e acabar com a tirania lunática de Valentina.

– Se Valentina vai mesmo criar um exército – eu digo, minha voz surpreendentemente trêmula –, ela precisa de almas. E ela tem a lista perfeita para consegui-las e resolver dois problemas de uma vez.

Eric se vira para mim, seus olhos arregalados. Vladimir entende imediatamente.

– Eric, fique com Kat – ele diz, vestindo seu casaco. – Eu vou fazer algumas ligações e visitar umas pessoas. Nós vamos trazer todos os membros da Ordem na cidade para cá, essa é nossa prioridade agora.

Eu me levanto rápido.

– O que eu posso fazer?

Antes que Vlad possa responder, meus olhos se embaçam e eu fico tonta *de novo*. Antes que eu caia, Eric me apanha e me carrega até o sofá, me deitando gentilmente.

– Descansar, Kat – Vlad diz, e sua voz não tem a dureza com a qual estou acostumada. – Nós vamos precisar muito de você antes disso acabar.

Ele se vira e desaparece pela porta, e eu deixo que meus olhos se fechem, imagens dos olhos da minha mãe me passando pela mente até que eu pegue no sono.

9

Quando eu acordo, a biblioteca está escura exceto por uma luz alaranjada oscilante, que reflete nas prateleiras. Pelo calor, eu sei que a fonte de iluminação é a lareira. Uma pessoa está agachada diante dela, usando os instrumentos de metal para mexer os pedaços de lenha e reavivar o fogo.

– Eric? – eu chamo, mas minha voz ainda está rouca do sono. Ele se vira rapidamente, a luz quente delineando cada traço do seu rosto. Quando ele vê que estou acordada, Eric se levanta e anda até mim, sentando-se no sofá, perto da minha cintura.

– Ei – ele sorri. – Como você está?

– Melhor – eu digo, me elevando até ficar sentada ao seu lado.

– Hmm. – Ele assente com a cabeça. – Eu pedi para Rebecca dar uma olhada em você, mas, quando eu expliquei tudo, ela disse que não há nada que ela possa fazer exceto te dar um pouco da energia dela, como tem feito. Ela queria ficar aqui, mas, depois de te tratar, a própria Rebecca não estava conseguindo ficar de olhos abertos.

– Claro – eu digo, me sentindo culpada por fazer com que ela desperdice sua energia. – Ela tem razão, Eric. Tudo isso está acontecendo porque eu fui estúpida o suficiente para confiar em Valentina.

Eu toco meu colar, tirando-o de dentro da blusa, e sinto uma fisgada no estômago, minha visão ficando em tons de cinza. Por um segundo, eu vejo a figura escura da minha mãe, ajoelhada na margem do rio. Quando tudo volta ao normal, eu estou ofegante, meus olhos arregalados.

– Kat? – Eric pergunta, e, embora eu escute a preocupação na sua voz, não respondo. – Kat! – Eric pega meus rosto entre suas mãos e me força a olhar para ele. – Kat, você está ouvindo?

– Sim – eu respondo, sem piscar, mas seus olhos ainda estão tão arregalados quanto os meus. Eu me forço a relaxar e dou um sorriso. – Desculpe.

Eric solta a respiração que estava prendendo e sorri de volta para mim, mas suas mãos não deixam meu rosto. Ele passa seus dedos de leve na minha pele e seu sorriso some. É a minha vez de prender a respiração.

Seus olhos dançam por mim, como se ele estivesse tentando se lembrar de cada centímetro do meu rosto até que param na minha boca. Em um movimento, sua mão direita escorrega até minha nuca e ele me puxa para perto, seus lábios tocando os meus com ferocidade, e eu sinto meu estômago afundar. Sua outra mão encontra minha cintura e eu me movo para mais perto dele, minha camisa subindo o suficiente para que seus dedos toquem minha pele, me fazendo estremecer.

Eu me deito no sofá devagar, não ousando quebrar o contato entre os nossos lábios, meu coração batendo mil vezes por segundo. Minhas costas arqueiam quando ele move seus lábios para o meu pescoço e eu mal consigo respirar. Eu estou tão ciente da sua energia, da sua forma e do seu calor, tão perto de mim e eu quero estar no máximo de contato possível com ele.

Minha vontade de tocar seu rosto, suas costas e seus braços é quase insuportável, mas eu só consigo deixar minhas mãos caídas ao meu lado, não ousando testar a teoria de Vladimir sobre minha capacidade de controle.

Eric parece notar minha hesitação, porque ele para o que está fazendo e eu sinto como se tivesse sido esfaqueada. Ela olha para mim, se apoiando nos seus cotovelos, nossos rostos tão perto que eu preciso de toda a minha força de vontade para não beija-lo de novo.

– Kat. – ele diz. – O que foi?

Nada. – eu respondo, mas meu corpo me trai por um segundo quando eu olho para as minhas mãos. Eric segue minha linha de visão e retorna sua atenção para o meu rosto.

– Kat – ele sussurra para mim, suas palavras parecendo beijos. – Você pode fazer isso.

– Não – eu digo, fechando meus olhos. Eric me força a olhar para ele de novo e seu rosto parece estar em chamas, o fogo da lareira refletido nas suas pupilas, sua pele ainda mais dourada.

– Eu acredito em você – ele diz, e sua mão desce do meu rosto para o meu pescoço, para a minha cintura. Cada centímetro onde ele me toca parece pegar fogo.

Sem aviso, ele me beija de novo e entrelaça seus dedos nos meus, sem um segundo de hesitação.

A energia que me atinge é tão forte que, por um momento, eu não consigo respirar. Minhas mãos se esquentam e eu aperto meus olhos, concentrada. Quando eu os abro, eu e Eric ainda estamos juntos, entrelaçados, mas o mundo nosso redor está cinza. Eu fiz a travessia, como tantas vezes no passado, mas desta vez a alma que está comigo não está escorregando como areia pelos meus dedos ou desaparecendo como fumaça.

Neste momento, Eric faz parte de mim e nossas energias estão pulsando juntas, minhas mãos explorando cada centímetro dele, cada músculo, cada cicatriz. Eu nunca me senti tão completa, feliz ou sob controle. Eu nunca me senti mais poderosa.

Quando eu me separo dele, minhas mãos já foram de quentes a geladas e Eric está ofegante, pequenas nuvens brancas saindo pela sua boca. Mas ambos estamos corados, e eu certamente não estou com frio.

– Meu Deus, Eric, você está bem?

– Ah... ahm... eu – antes de terminar de falar ele sorri, e seu sorriso se torna uma risada que o sacode por completo. Eu percebo que nunca o ouvi rir desta forma e que, enquanto eu viver, farei de tudo para ouvir aquele som muitas vezes. – Eu nunca estive melhor, Kat.

Ele me puxa para um beijo, e eu estou respondendo com todo o entusiasmo que tenho quando a porta da biblioteca se abre. Nós dois olhamos na mesma direção.

– Uau. – Roxie se recosta no batente, uma expressão presunçosa no rosto. – Finalmente!

Ela joga os braços para o ar e caminha na nossa direção enquanto eu e Eric nos desenroscamos um do outro, nos ajeitando o mais rápido possível, meu rosto queimando de vergonha.

– Ei, não parem por minha causa! – Roxie levanta suas mãos em um gesto de inocência. – Eu posso voltar mais tarde.

– Não – Eric diz, e a firmeza está de volta na sua voz. É difícil acreditar que os últimos minutos aconteceram, mas o formigamento que ainda estou sentindo me prova que eu não sonhei. – O que você quer, Roxie?

– Ei, não mate a mensageira, Romeu. Vlad ligou, nós vamos ter *muita* companhia e, infelizmente, não temos tantos quartos. Eu espero que você sinta falta dos seus tempos de orfanato, Mortícia. As coisas vão ficar bem aconchegantes por aqui.

– Vlad vai trazer todo mundo para cá? – eu pergunto, me lembrando da festa de Natal e de quão cheia a casa estava. – Por quê?

Roxie dá de ombros.

– Não sei. Ele não me dá detalhes.

– Eu imagino que ele queira que todos estejam perto de você, Kat. – Eric está sério, mas, quando ele se vira para mim, os cantos da sua boca se levantam em um sorriso. Meu coração parece que vai explodir.

– Hmm, faz sentido – Roxie diz, apanhando castanhas de cristaleira e jogando-as na boca. – Se Valentina tem uma Ceifadora, Vlad precisa de uma também.

– Eu apreciaria se você não falasse de mim como se eu fosse um colecionável, Roxie. – Eu torço o nariz, mas ela só sorri e põe a língua para fora como uma criança.

– Tudo bem, vamos acabar logo com isso – Eric diz. – Me desculpe, Kat. Nós podemos, ahm, continuar nossa conversa depois.

Ele me dá um beijo de leve no rosto. Roxie solta um "uuuuuu" muito maduro.

– Na verdade – ela diz, depois que Eric lhe lança um olhar reprovador –, você não está fazendo nada também, Kat, e nós vamos precisar de toda a ajuda que pudermos.

– Claro. O que eu puder fazer...

Nós passamos as próximas horas movendo colchões de quarto em quarto, tirando toalhas e roupas de cama dos armários e transformando em cama cada móvel da casa que possa servir como uma. O quarto que divido com Rebecca abriga Roxie e mais três garotas que eu nunca tive a oportunidade de conhecer. A sala de treinamento, a biblioteca e a sala de estar se transformam em alojamentos, e Nick chega acompanhado de dois homens enormes, carregando compras para a cozinha.

De uma hora para a outra, a mansão clássica que serve como a Sede se transforma em um acampamento, uma espécie de trincheira de guerra, e eu me pergunto se Vlad já teve que tomar estas medidas antes. Eu gosto de pensar que sim, porque a alternativa faz com que eu me sinta culpada demais.

Nós estamos quase no fim das preparações quando a porta da frente se abre e Vlad entra, seu sobretudo coberto por neve que começa a derreter no tapete, seguido por um grupo de pessoas carregando pequenas malas. Levando em conta a variedade de sexo, etnias, idade e status financeiro, eles parecem o mais estranho grupo de refugiados que eu já vi. Os mais novos se mostram animados, e os mais velhos, assustados ou exaustos. Talvez porque eles entendam o risco, talvez porque já lidaram com tudo isso antes.

Vladimir anuncia que mais pessoas irão chegar nas próximas horas e diz que nós devíamos ajudar nossos colegas já presentes a se acomodarem. Ele está ofegante e seu rosto está vermelho, mas eu não sei dizer se é de exaustão ou frio. Depois de sussurrar alguma coisa para Eric, Vlad pede licença e sobe para o seu quarto.

– Está tudo bem? – eu pergunto.

– Ele precisa resolver mais algumas coisas. A situação ainda precisa ser informada para o líder da Ordem em Londres.

– Eu achei que Vlad fosse o líder da Ordem – eu digo, enfiando um travesseiro na fronha. Eric dá uma risada leve.

– Ah, não – ele diz. – A Ordem é bem maior do que Vlad. Do que nós. – Eric olha para mim e seu rosto se suaviza. – Exceto por você. No mundo inteiro, não há outra como você, ninguém com suas habilidades, com os seus talentos. Nós tivemos sorte. *Eu* tive sorte.

Eu respondo ao sorriso dele, mas não digo nada. Eric provoca essa reação em mim, a vontade de falar um milhão de palavras, mas a compreensão quase simultânea de que eu não preciso dizer nada.

Já é muito tarde quando as últimas pessoas se acomodam e eu peço licença para me deitar. É difícil de acreditar em tudo que aconteceu nas últimas quarenta e oito horas; eu estou exausta. Meus pés estão pesados e meus olhos embaçados quando finalmente deixo meu corpo despencar na cama. Minhas companheiras de quarto, incluindo Rebecca, já estão dormindo, e não demora para que eu me una a elas no sono.

Meus olhos se abrem e eu estou de volta a Times Square, mas está tudo tão escuro que eu temo me mover. A luz da lua delineia os cantos dos prédios altos que formam o corredor da avenida, mas nenhum néon, nenhum poste, nenhuma outra fonte de luz me orienta. Eu nunca vi essa cidade assim. Parece algo vindo de algum filme pós-apocalíptico.

Nenhum sinal de vida ou movimento me convence de que eu preciso sair dali o quanto antes. Eu tateio o chão com meus pés, mas, mesmo tendo cuidado, eu piso em algo macio e irregular que cede embaixo de mim. Quando eu tento dar outro passo para me recuperar, encontro outro obstáculo. Vou ao chão, me preparando para que minhas mãos se ralem no asfalto, mas isso não acontece. Eu sinto algo frio quando me apoio, algo maleável e curvo.

Todas as luzes se acendem de uma vez, brancas, amarelas, roxas, azuis, e eu aperto meus olhos, momentaneamente cega. Quando finalmente os abro, ainda me acostumando, e olho para baixo, eu caio de costas, me arrastando como um caranguejo para longe.

Debaixo das minhas mãos, fria e imóvel, seus olhos brancos olhando para nada, está Rebecca. *E, ao lado dela,* Roxie, *Eric, Vlad, Nick, Sarah.* Rostos *que eu reconheço da festa de Natal e da casa de Valentina, do grupo que salvou minha vida naquela noite.*

Eu olho em volta e percebo que estou no centro de um mar de corpos, é impossível ver qualquer pedaço de asfalto, exceto pelo pequeno círculo vazio abaixo dos meus pés.

Minha respiração fica ofegante e eu olho de um corpo para o outro, quando na verdade preferia olhar para qualquer outro lugar. Eu queria estar *em qualquer outro lugar, mas não ouso me mexer, não ouso passar por cima dos meus amigos como se eles fossem sacos de batata.*

Alguma coisa me motiva a olhar para cima e, a nem dez metros de mim, impecavelmente vestida em um terno preto, seus cabelos cor de fogo presos em um coque atrás da cabeça, está Valentina. Ela está sorrindo daquele jeito, como se soubesse de algo que o mundo não sabe.

Eu realmente odeio esse sorriso.

É difícil descrever o sentimento que tenho ao vê-la de novo, especialmente depois de saber de tudo. É difícil descrever, mas é algo muito parecido com fúria absoluta.

Eu me movo sem pensar, com a intenção de correr até ela e feri-la de qualquer forma que puder, mas sou impedida, não só pela barreira de corpos diante de mim, mas pela visão de uma figura de preto parada ao seu lado, quase uma cabeça mais baixa do que Valentina.

Ela está mais séria do que da última vez que a vi, seus olhos mais fundos. Valentina pousa a mão direita sobre o seu ombro, seus dedos se fechando como garras de uma ave de rapina. É um gesto possessivo que faz meu estômago se embrulhar.

A figura de preto levanta o rosto na minha direção e, no instante em que seus olhos encontram os meus, eu sinto que outra fisgada no abdômen. A mesma que me diz que algo está errado, que o mundo dos mortos está próximo. Ela me encara por um tempo e eu não consigo desviar meu olhar.

"Você tem que ir", uma voz ecoa na minha cabeça. Valentina não parece ouvir nada. Ela não se altera.

Outra fisgada.

"Você tem que ir", a voz repete.

A expressão da mulher de preto se intensifica e seus olhos se arregalam.

"Agora!" – a voz grita dentro da minha cabeça. Valentina deve notar algo, porque a última coisa que vejo é seu rosto se retorcendo de fúria.

Eu espero acordar e estar de volta à normalidade do meu quarto, me recuperando de um pesadelo bizarro, mas, no instante em que abro meus olhos, a sensação de enjoo está ainda mais forte. Eu estou tonta e um sentimento familiar me invade.

Não.

Não, não, não, não.

E então eu sinto. A energia das almas perto de mim é arrancada de seus corpos. Minha cabeça explode e minha visão é invadida por clarões e estalos. Eu ameaço desmaiar, mas, se isso acontecer, eu serei completamente inútil. De novo.

Tentando enxergar meu caminho, eu me levanto aos tropeços e corro até a porta, meu ombro se chocando com força contra o batente na saída.

– Vlad! – eu grito com toda a força que tenho, e o silêncio da madrugada faz com que minha voz reverbere entre as paredes. – Vlad! Eric!

A porta do quarto de Eric se escancara e ele sai, olhando de um lado para o outro como um pássaro assustado.

– Kat, o que foi? – ele pergunta, correndo até mim.

– Eu... *Aaaah*! – eu estou prestes a me explicar quando uma dor quase insuportável penetra meu crânio. Eu preciso achar essas pessoas, impedir que suas almas escapem.

– Kat! Kat! – Eric pega meu rosto nas suas mãos e me força a olhar para ele. – O que foi?

As portas dos outros quartos estão se abrindo agora, cabeças saindo de dentro dos aposentos.

– Valentina! Valentina está aqui! – Eric não parece entender exatamente o que eu estou dizendo, mas seu rosto mostra que ele certamente entende a urgência. Ele se vira e corre até o quarto de Vladimir, batendo na porta com fúria.

Eu não tenho tempo de esperar por ele. Eu me concentro nos pontos de energia que senti agora há pouco, talvez ainda haja tempo de salvá-los. O primeiro está abaixo de mim, na sala de estar. Eu desço as escadas, três degraus por vez, acendendo todas as luzes no meu caminho. Mais pessoas estão se levantando e os murmúrios se tornam conversas.

Um grito de horror indica que estou indo na direção certa, e eu corro o máximo que posso até ver um grupo de pessoas ajoelhadas ao lado de uma garota, um pouco mais velha do que eu, que está imóvel no seu colchonete. Uma das mulheres em volta dela me vê chegando e seus olhos, cheios de lágrimas, me encaram.

– Ela não está respirando! – a mulher grita.

– Saiam da frente – eu exijo, preocupada demais para me importar com as boas maneiras. Eu me ajoelho com força ao lado da garota inconsciente e minhas mãos se conectam com o primeiro pedaço de pele exposta que vejo.

Eu me concentro em fazer a travessia e, antes que eu perceba, estou cercada do vazio etéreo do mundo dos mortos. Eu olho em volta com urgência, sabendo que meu tempo é precioso. Por um instante eu acho que já é tarde demais, mas meus olhos param em uma forma na distância, caminhando lentamente, de forma meio desorientada.

Eu caminho até ela e confirmo ser a garota que estou procurando. Temendo assustá-la, eu me aproximo devagar, mas mesmo assim ela me nota e seu rosto se vira para mim. Embora seja igual ao que eu vi há poucos minutos, ele parece mais novo, uma expressão de tristeza e saudade estampada em cada linha.

Eu dou um passo à frente, como alguém que se aproxima de um animal assustado, mas ela não se mexe. Sentindo minhas mãos se aquecerem, eu as ergo com cuidado e toco as laterais do rosto dela. É como tocar a superfície da água bem de leve, uma resistência leve e gelatinosa sob as minhas palmas.

Eu me concentro o máximo que posso, visualizando seu corpo de volta ao mundo dos vivos. A presença diante de mim fecha os olhos, como se estivesse prestes a adormecer, e uma onda de relaxamento passa por mim. A forma desaparece como fumaça, e eu fecho meus olhos, retornando para junto da multidão.

Alívio me invade quando abro meus olhos e vejo a garota arquejando, suas pupilas dilatadas, claramente assustada. Ela me vê e um momento de reconhecimento passa pelo seu rosto.

– Obrigada – ela diz, mas eu sei que ela não se lembra exatamente do que aconteceu. E não importa.

– Katherine! – eu escuto a voz de Vladimir e o vejo descer as escadas, Eric ao seu lado. – O que está acontecendo?

– A mesma coisa da noite de Ano Novo – eu respondo, olhando em volta, procurando por outra fonte de energia. – Valentina tem que estar por perto.

– Por que agora? – Eric pergunta, andando atrás de mim, Vladimir logo atrás.

– Ela sabe – ele diz. – Ela sabe que fomos ver Mirena e está com medo. De você, Kat. Ela está planejando isso há muito mais tempo do que nós pensávamos e não vai arriscar perder tudo agora.

Eu encontro outra pessoa, um homem desta vez, deitado, imóvel. As pessoas que estão ao redor dele têm nos rostos expressões de pânico e desorientação. Eu repito o processo mais uma vez, me sentindo bem por finalmente poder ajudar, mas meu corpo não pensa o mesmo. Eu fico tonta de novo, e começo a desconfiar que esse vai ser meu estado natural de agora em diante.

– Vlad, nós precisamos tirar estas pessoas daqui – Eric diz.

– Eu não acho que...

Minha frase é bruscamente interrompida por um clarão de luz e um barulho ensurdecedor. Pedaços de vidro explodem das janelas frontais da casa, lançando Eric, Vlad e todos que estão nos arredores para trás.

Meus ouvidos estão apitando, e eu sinto sangue quente escorrer de cortes no meu rosto e braços. Minutos passam e eu tento me orientar, olhando de um lado para o outro, mas tudo que vejo são corpos no chão e fumaça.

Gemendo, eu me levanto, devagar, me apoiando nos cotovelos e sentindo pequenas pedras perfurando minha pele.

– Kat! – eu ouço a voz de Eric, mas me parece que ele está falando embaixo d'água. Quando sua mão toca meu ombro, eu salto de susto. Com o nível de fumaça, é impossível vê-lo se aproximar. Eu me viro para ele e percebo que ele também está ferido. – Você está bem?

Eu aceno com a cabeça, ainda completamente zonza. Vladimir se aproxima de nós, tropeçando.

– Eric, Katherine – ele diz, piscando várias vezes. – Nós precisamos tirar estas pessoas daqui. Leve-as para o subsolo.

Eric e eu concordamos e começamos a ajudar as pessoas a se levantarem, mas todos parecem preparados para se mover e dar assistência uns para os outros. Alguns parecem estar seriamente feridos, mas aqueles mais longe das janelas escaparam com nada mais do que alguns arranhões e eles se apressam em guiar os outros para a porta que leva à sala de treinamento e ao restante do subsolo.

Infelizmente, nossas intenções não são suficientes e o número de pessoas que invadem a Sede naquele instante nos força a transformar nossa defensiva em uma ofensiva. Vlad não precisa dizer nada, nós sabemos que precisamos lutar, mas ele parece determinado a me manter fora do combate, coisa que fica bem clara quando ele me agarra e me empurra para trás do grupo.

Eric se transforma diante de mim e Roxie começa a pintar ao seu lado. Nick se agacha, pronto para lançar qualquer coisa na sua frente pelos ares, mas ainda não conseguimos ver direito contra o que estamos lidando, a fumaça no ar dificulta essa tarefa.

O primeiro ruído vem da nossa direita, mas não conseguimos identificar exatamente de onde, só que é um grito feminino que ecoa nas paredes e se cala completamente. Um calafrio me percorre, minha visão pisca em preto e branco e eu sei, como se tivesse visto com meus próprios olhos, que alguém perdeu sua vida.

Mas algo mais está acontecendo. Algo... estranho. Eu sinto a energia de todas as pessoas ao meu lado, fortes e vibrantes – e, um pouco mais à frente, a mesma energia sobrenatural e estranha que senti do lado de fora do apartamento da Feiticeira. A mesma que indica que algo está muito errado. Mas desta vez está bem mais forte.

– Vlad... – eu chamo, meio sussurrando, sem saber exatamente o porquê, considerando que nossa parede acabou de explodir. Ele não me ouve. Eu me movo para perto dele, tendo que me espremer entre os outros até chegar a ele. – Vlad...

– Katherine – ele responde, seus olhos arregalados e seu olhar e atenção passando de mim para onde, um minuto atrás, estava nossa porta da frente. – Você precisa ir para trás. Não podemos correr o risco de te perder.

– Vlad – eu interrompo, antes que ele vomite mais ordens sem sentido. – Tem mais deles aqui. Como Joe.

Os olhos de Vlad se arregalam ainda mais e ele olha de novo para a porta.

– Quantos?

– Eu não sei. Muitos. Mais do que eu posso contar. Isso certamente explica por que eu estava me sentindo tão fraca.

Eu mal acabei de falar quando o silêncio é rompido por uma multidão saltando por cima de destroços e cacos de vidro. Suas roupas escuras estão novas e conservadas, mas o mesmo não pode ser dito de suas peles, uma cor esverdeada cercando os olhos sem brilho. Infelizmente, ao contrário dos zumbis que eu cresci vendo em filmes e clipes do Michael Jackson, estes não eram lentos nem estúpidos. Na verdade, no instante antes de tudo começar, eu vejo exatamente o quão eficientes, rápidos e aparentemente inflamados por um único propósito eles são.

Eric toma a iniciativa e salta para a frente, derrubando o primeiro oponente com facilidade e rasgando seu pescoço com os dentes. O homem responde com um abano da mão, e Eric voa longe, ganindo quando bate contra a parede. Meu coração salta do peito e eu só quero correr para ver se ele está bem, mas meus olhos estão fixos no homem que se levanta, metade do pescoço faltando, mas não o suficiente para separar sua cabeça do corpo. Seria uma visão profundamente perturbadora, mas eu não tenho tempo para pensar sobre o quanto isso é estranho. Meu instinto é correr para cima dele e agarrá-lo com as duas mãos enquanto ele ainda está relativamente concentrado em Eric.

Minha tática funciona melhor que a dele. O corpo do homem desaba no chão ao mesmo tempo que eu vejo o cenário ao meu redor piscar em preto e branco. Eu sinto a energia dele se esvair, exatamente como senti com Joe. Antes que eu possa comemorar minha pequena vitória, no entanto, um pensamento assustador me assola e eu olho em volta.

Valentina não é estúpida. Todos os homens e mulheres na sua linha de frente, até onde a fumaça e destroços me permitem ver, estão se locomovendo, mas não estão vivos. Eu não sei há quanto tempo Valentina está fabricando essas aberrações, mas, julgando pelos números diante de mim, é muito mais do que pensávamos. E isso quer dizer que as pessoas da Ordem dentro da Sede só podem incapacitá-los, não feri-los mortalmente.

Ela está me obrigando a lutar.

Roxie corre para o meu lado e eu finalmente tenho um segundo para ver que Eric está se recuperando bem, ainda que devagar. Vladimir está chocado e completamente fulo. Pela expressão dele, eu sei que não preciso explicar o que acabei de concluir, e agora ele está estudando suas possibilidades. Eu imagino que não sejam muitas.

Os pequenos instantes de quietude depois do primeiro contato terminam tão subitamente quando chegaram, e o que antes era silêncio e expectativa se torna uma cacofonia de gritos e ruídos de vidro sendo espatifado e corpos se chocando. Os dois lados correm um para o outro como em um combate medieval do tipo que se vê em filmes, onde eu nunca entendi como eles conseguiam distinguir os amigos dos inimigos. Mas esse problema não está presente aqui, ao menos não para mim. Meus olhos estão funcionando como uma espécie de raio X e eu sinto mais do que vejo as energias diferentes das pessoas se espancando diante dos meus olhos.

Infelizmente para o meu recém-adquirido super poder, outras energias se misturam à luta e nenhuma delas é da Ordem, mas todas estão bem vivas.

– Roxie! – eu grito, tentando me fazer ouvida. Roxie acabou de incapacitar uma garota com um golpe pesado de uma espada japonesa de madeira e levanta a cabeça, tentando identificar a fonte do barulho. Assim que me vê, ela corre na minha direção, desviando de pedaços de parede e pessoas em quantidades iguais.

– Roxie – eu digo, quando ela finalmente está perto o suficiente de mim. – Eu preciso que você me dê cobertura. Eu preciso tocar em todas estas pessoas, mas eu nunca vou chegar perto o suficiente para fazer isso.

– Não diga mais nada – ela responde, sorrindo. O pincel salta de sua bolsa para as suas mãos e antes que eu possa piscar ela está segurando um arco curto, preparando a primeira flecha e acenando para mim com uma piscada e um sorriso.

Eu respiro fundo, tentando me lembrar de todo o treinamento físico e mental que recebi nos últimos meses. Eu não sei quanta energia tudo isso vai me custar, mas eu espero que seja o suficiente para igualar a situação para nós.

Antes que possa pensar melhor sobre a provável estupidez que estou prestes a cometer, eu me lanço em uma corrida em direção ao primeiro alvo. Um jovem de cabelos pretos me vê e se joga na minha frente, mas antes que ele possa me bloquear, uma flecha acerta seu peito e ele cai como um saco de batatas. Eu freio e agarro seu tornozelo, sentindo o gelo na ponta dos meus dedos por poucos segundos antes de seguir em frente.

Quando olho para trás, Roxie está concentrada no próximo alvo. Ela lança outra flecha e eu corro novamente até a vítima, desta vez uma mulher, alguns anos mais velha do que eu. Depois de algumas vezes repetindo o processo, eu e Roxie descobrimos uma fluidez que me faria sentir poderosa, não fosse o fato do que eu estou fazendo ser completamente errado para mim. Eu me agacho entre animais e pessoas tentando se matar por nenhum motivo em particular, tocando pele semimorta atrás de pele semimorta e pensando que a humanidade é completamente incompreensível.

Minha dança através das salas está fluindo tão bem com Roxie atrás de mim que eu nem olho mais para trás, procurando saber se ela está bem. Mas um homem diante de mim, que ela certamente teria derrubado, me acerta com um soco bem no meio do rosto, que me atira ao chão. Sinto uma vontade instantânea de vomitar quando minha cabeça atinge o mármore. Meu nariz está sangrando e latejando e meus olhos estão mareados, mas, quando eu olho para trás, vejo Roxie engalfinhada com outra Artista, num jogo bem menos amigável do que o que eu presenciei na noite de Natal.

O homem me agarra pela gola antes que eu possa recuperar completamente os meus sentidos, mas não é uma decisão sábia da parte dele. Minhas mãos se fecham ao redor do seu pulso e meu cérebro, atormentado pela dor de cabeça recém-adquirida, dá um estalo. Mas ele amolece como um boneco de pano e cai diante de mim, me largando para bater os joelhos no chão. Eu trinco os dentes, ainda meio zonza, e tento limpar o sangue do meu rosto, mas tudo que consigo é sujar minha manga e me sentir ainda pior.

Quando começo a me levantar, sinto um par de mãos debaixo dos meus braços, me ajudando. Eu me apoio de leve nelas e me viro, sorrindo para quem quer que seja que está disposto a parar a sua própria luta pela sobrevivência para ajudar a minha patética tentativa de recuperar meus sentidos.

Mas meu sorriso não dura.

Eu tinha me esquecido do quanto os olhos de Vincent são apagados, e agora, parada a poucos centímetros dele, me pergunto como já pude me sentir atraída por ele. Antes que eu possa me mexer, antes que eu possa quebrar todos os ossos do seu corpo para que ele nunca mais consiga falar, ele abre a boca.

– Me beije – ele diz. De tudo que ele podia ter dito naquele momento, de tudo que ele podia ter escolhido no meio de um campo de batalha, é o que me fere mais. Eu sou assolada pela sensação apavorante de não ter controle dos meus membros, de estar acordada, consciente, gritando dentro do meu cérebro, mas não podendo fazer nada a respeito. Ele sabe a crueldade do seu gesto, o quanto eu me sinto invadida por isso, e seu sorriso me faz querer resistir, nem que eu precise quebrar minhas próprias pernas.

Mas claro que minha vontade não adianta. Minha cabeça está anuviada além de tonta agora, e eu o obedeço. Meus lábios tocam os dele e eu quero chorar. Eu me entrego ao beijo, passando meus braços ao redor do pescoço dele, mas meus olhos não se fecham e eu o encaro o tempo todo, esperando que a fúria que eu sinto esteja sendo transmitida, que ele não tenha conseguido tirar isso de mim.

Seus braços envolvem minha cintura e ele me puxa para perto. Eu penso o quão absurdo isso é, o quão horrível. Ele para por um instante para me examinar e sorrir, suspirando como se tivéssemos acabado de trocar juras de amor eterno. Por um segundo, seus olhos deixam os meus para olhar para alguma coisa atrás de mim e eu os acompanho com meus próprios.

Eric está parado a poucos metros de distância, seu olhar focado em nós, seu rosto canino retorcido de fúria. Eu nunca o vi tão assustador e isso me fere ainda mais: que Vince seja capaz de provocar essa violência em alguém tão gentil.

Lentamente, Vince me vira para que eu fique de costas para ele, passando suas mãos pelo meu corpo, até que eu sirva de escudo para o seu próprio. Ele cheira minha nuca e eu consigo sentir o sorriso nos seus lábios.

– Mate Eric. Em silêncio, por favor – ele sussurra no meu ouvido. Sinto meu corpo inteiro congelar, o mundo ao meu redor desacelerar. Tudo que eu vejo é Eric, preparado para atacar, mas sabendo que não há nada que ele possa fazer enquanto eu estiver entre eles. Vince entrelaça suas mãos ao redor da minha cintura e caminha comigo em direção a Eric, como se estivéssemos dançando.

Uma lágrima rola pelo meu rosto e eu quero gritar, quero espernear, quero arrancar o sorriso do rosto de Vincent com uma faca, mas tudo que posso fazer é andar e ver Eric ficar cada vez maior diante de mim, cada vez mais perto. Eu quero avisá-lo, quero dizer que ele se esqueça de nós e corra para o outro lado da sala; que, se eu tocá-lo, ele vai morrer. Mas tudo que faço é andar.

Eu e Vincent estamos tão entrelaçados um no outro quando chegamos diante de Eric que ele dá um passo atrás, temendo talvez o que possa fazer se tentar interferir. Eu tento avisá-lo com meus olhos, mas, antes que ele possa perceber o que estou prestes a fazer, eu salto e me agarro ao seu rosto, minhas mãos pegando fogo quase que instantaneamente. Eric arqueja e eu não solto, sugando sua energia vital pelas pontas dos meus dedos, sentindo cada grama do homem que me faz tão feliz desaparecer para o mundo dos mortos. Tudo se colore de preto, branco e cinza e eu me vejo de volta ao orfanato, ao metrô, a todas as vezes que toquei alguém sem poder controlar o que fazia. E a pior ironia de todas é que agora que eu tenho controle, alguém o tirou de mim no momento em que eu mais precisava.

Eric está se dobrando diante dos meus olhos e eu estou chorando. Seus olhos parecem me perdoar pelo que eu estou fazendo com ele, mas como podem? O último sopro de vida começa a sair do seu corpo e eu sei que estou prestes a perdê-lo para sempre.

Então, tão repentino como um tapa no rosto, eu retomo o controle dos meus membros e da minha vontade, justo a tempo de reverter o impensável. Eric arqueja mais algumas vezes, minhas mãos se tornam pedras de gelo, mas eu concentro toda a energia que tenho em guiar o espírito dele de volta para onde ele pertence. Eu o beijo, passando tudo que tenho, toda a minha força para trazê-lo para mim. Quando finalmente regresso ao mundo dos vivos, eu estou de joelhos e Eric está deitado no meu colo, exausto, mas vivo.

Eu quero chorar de felicidade, mas meu primeiro instinto é procurar por Vince e arrancar sua língua fora. Assim que me viro, vejo Roxie parada diante de nós, ofegante e sorrindo para o corpo quase inerte de Vincent aos seus pés. Ela está segurando uma maça medieval que está coberta de sangue, e o rosto de Vincent tem marcas muito parecidas com a da arma. Seu maxilar está em um ângulo impossível e, por mais perverso que seja, eu não consigo pensar em uma punição melhor.

– Eu *sempre* quis fazer isso – ela diz, e eu não posso me impedir de sorrir.

– Katherine! – Uma voz me chama e eu me viro para ver Vlad correndo na nossa direção usando duas espadas para cortar o seu caminho até nós. Eu nunca tinha visto Vlad lutando, mas agora estou extremamente feliz por não estar do outro lado da sua fúria. Ele se move como um raio, seus braços são borrões para mim e, efeito do trauma craniano ou não, é uma visão impressionante.

– Katherine – ele repete, quando finalmente nos alcança. – Você precisa sair daqui.

– O quê?! – respondo, indignada.

– Olhe em volta – ele diz. Eu obedeço, vendo corpos no chão, sangue por todos os lados, armas e pessoas voando de um lado para o outro. – Isso não vai acabar, é impossível lutar contra o exército de Valentina, e, se você se ferir... Nós realmente não teremos chance.

– Vlad, vocês terão ainda menos chance comigo fora daqui! – eu protesto. –Roxie e eu podemos...

– Kat – ele me interrompe, sério. – Você precisa acabar com isso. Mas do seu jeito. Corte Valentina pela raiz. Sem a fonte de energia, sem sua mãe, ela não pode mais continuar. Você precisa ir ao mundo dos mortos.

– Vlad tem razão, Kat – Roxie diz. – Nós vamos nos segurar o máximo que pudermos, mas isso sempre foi a sua luta. Você precisa acabar com isso agora.

– As pedras... – eu digo, tocando meu colar. Vlad concorda, devagar, seus olhos exaustos. – Você acha que vai funcionar?

– Nós temos que esperar que sim.

Eu suspiro e concordo, levemente em pânico com o peso da responsabilidade e animada com a ideia de que isso pode realmente terminar. Rebecca aparece do meu lado como que por mágica, o que é bem apropriado. Ela está exausta, seu corpo coberto de cortes, brandindo duas facas. Esse é um lado de Becks que eu nunca vi e, francamente, me assusta um pouco.

– Rebecca! – Vlad exclama. Becks olha para ele, seus olhos sem lentes e sua pele bem mais pálida do que o normal. – É perfeito que você esteja aqui. Eu quero que você fique com Katherine. Eu não sei de quanta ajuda ela vai precisar, mas eu preciso que você fique a postos.

– Claro – Becks responde, séria, mas, quando olha para mim, ela sorri. Me parece apropriado que Becks, que cuidou de mim desde o dia em que eu a conheci, faça o mesmo agora, quando mais importa, usando o dom que lhe foi dado para permitir que eu use o meu. Ela é agora, mais do que nunca, a luz da minha escuridão.

– Eu gostaria de pedir permissão para ficar com ela – Eric diz, assumindo uma postura militar. Eu nem sequer tinha visto que ele tinha se transformado de volta. Vlad sacode a cabeça.

– Não. Eu preciso de você aqui, Eric.

– Mas...

–Não. – Vlad ergue a mão. – Katherine terá mais chances se os mantivermos ocupados. Valentina a quer morta mais do que ela quer qualquer um de nós. É nosso trabalho protegê-la. Rebecca está armada e vai ficar de olho nela.

Eric parece querer dizer mais alguma coisa, mas pensa melhor e fica em silêncio. Vladimir se afasta de nós e começa a gritar, correndo como um maníaco de volta para a luta. Todos estão mostrando lados muito diferentes de si mesmos hoje.

Eric segura meu rosto entre suas mãos.

– Vai ficar tudo bem, Kat – ele diz.

– Você não sabe disso. Eu não sei o que estou fazendo, Eric, e se nada adiantar?

– Kat, você precisa se libertar da pessoa que você foi nos últimos dezoito anos. As coisas mudaram. Você se preparou para isso, eu confio em você.

– Mas...

– Kat. – Eric está perdendo a paciência. – Você *sabe* que está pronta. Por favor, agora não é a hora de se questionar, nós precisamos de você. *Eu* preciso de você.

Há tantos argumentos que eu gostaria de poder inserir nesse monólogo, mas Eric tem razão. Que diferença faz perguntar "e se"? Agora?

Eric me puxa para perto dele e me beija com força, não com a mesma paixão de antes, mas com a incerteza e urgência de alguém que não sabe se vai poder repetir esse gesto amanhã.

Ele se separa de mim e acaricia meu rosto, sorrindo. Eu sorrio de volta, pensando em algo para dizer, mas nada me ocorre. No instante em que seus dedos deixam de tocar minha pele, ele se vira e se transforma em um único movimento, saltando para a formação que está praticamente pronta.

Roxie olha para trás e dá uma piscadela.

– Te vejo do outro lado, Mortícia! – ela grita, segurando uma lança com as duas mãos e sorrindo.

– Kat – Rebecca me chama. – Vamos.

Eu dou uma última olhada para o grupo inquieto, mas que parece estranhamente ansioso. Pela primeira vez, eu sinto responsabilidade por alguém, e, por mais assustador que seja, isso também é incrivelmente gratificante.

10

Rebecca me puxa para o fundo da sala onde estamos, cortando intrusos no caminho, mas tentando ao máximo evitar o combate. Eric e Vlad nos dão cobertura suficiente para que nós cheguemos à porta da sala de treinamento no subsolo, que não parece ter sido alvo de nenhum combate ainda. Becks empurra a porta com força e me puxa para dentro pela gola da blusa, segura de que ninguém nos viu. Ela usa uma das barras de peso para travar a porta, criando um obstáculo a mais caso tenhamos visitas.

Rebecca se senta no chão e pede que eu me sente ao seu lado. Eu obedeço, ainda concentrada no barulho das pessoas lá fora e torcendo para que tudo dê certo.

– Kat, você está pronta? – Rebecca pergunta. Eu concordo com a cabeça, respirando fundo. – Eu vou estar bem aqui, te dando o máximo de energia que eu puder, ok? Eu não faço ideia de quanto tempo nós temos, mas, por segurança, presuma que não é muito.

Eu dou uma risada meio nervosa e Becks toca meu braço de leve, fechando seus olhos e relaxando os ombros. Eu faço o mesmo, ou ao menos tento, já que sinto meu coração quase saltar do peito.

Concentrando-me no ritmo da minha respiração, eu visualizo o ambiente ao meu redor se dissolvendo como tinta em água. Mesmo já tendo repetido o processo várias vezes, existe um breve momento, quando estou realizando a travessia, em que me sinto suspensa, vazia, como se o universo ao redor de mim tivesse parado de existir. Depois disso, é como se eu pousasse suavemente em um mundo onde eu entendo as regras, mas não consigo explicá-las. É uma sensação instintiva que me faz sentir meio fora de controle.

Mas agora não é a hora de meditar sobre o universo e seus significados. É hora de encontrar minha mãe.

Eu nem acredito que realmente pensei nestas palavras. De todas as vezes que sonhei com uma reunião entre minha mãe e eu, quando eu ainda era uma criança no orfanato, este cenário não estava no meus top cinco.

Como de costume, eu levo alguns segundos para me localizar e achar um referencial na vastidão branca. Mas, como por mágica, a árvore nua que indica o começo do rio se materializa a poucos metros de mim. Embora eu esteja com pressa e a forma do tempo se mover de forma diferente aqui me deixe nervosa, eu não estou andando muito rápido. Meus outros encontros com minha mãe me deram a entender que ela tem um domínio maior sobre este lugar do que eu, e não estou ansiosa para ser emboscada.

–Selene? – eu chamo, e me surpreendo com o volume da minha voz e a forma com que ela reverbera. – Selene, eu só quero conversar.

Eu não sei quanto da minha mãe, ou de um ser humano, ainda está nela, mas não custa tentar. Não ajuda que, de todas as outras vezes, tenha sido ela que escolheu fazer contato. Eu me sinto tonta ao olhar para a imensidão que me cerca, será como procurar uma agulha no palheiro. Tem que haver um jeito melhor.

O colar.

Se as duas pedras estão realmente conectados, talvez haja alguma forma de, hum... ativar a relação entre elas? Eu toco a pedra no meu pescoço e vejo um clarão por um breve instante, mas, fora me deixar cega durante dois minutos, o gesto é inútil.

Sem saber mais o que fazer, eu entro no rio. A sensação etérea da água que não me molha faz com que um calafrio suba pela minha espinha. Mas isso não importa muito agora. Eu continuo a andar para a frente, acompanhando a corrente prateada e sentindo como se tiras de seda estivessem passando pela minha pele.

Rostos e formas abstratas se formam nas minúsculas marolas e eu não sei dizer se é só minha impressão, mas eu escolho ignorar o que quer que seja por agora, assim como estou ignorando tudo que não seja meu objetivo.

Depois do que me parecem várias horas, eu sinto minhas mãos se esquentarem. Quando olho para elas, minhas tatuagens estão da cor de metal derretido e dançando como serpentes. Por um momento, eu não entendo o que está acontecendo, até que olho para cima e vejo, com mais de dez metros de altura, um portão semitransparente, dançando como se fosse a memória de algo que já esteve ali algum dia, um arco visto como se por um raio X, púrpuras, brancos e azuis se misturando.

Eu li o suficiente sobre os Nove Portões do Mundo dos Mortos para desejar não ter que passar por eles, a não ser que seja absolutamente necessário, especialmente considerando que eu nunca o fiz antes e não faço ideia do que esperar.

"Esse é o seu domínio, Kat."

Eu me lembro de Vlad dizendo essas palavras uma vez após outra e, mesmo sabendo que ele tem razão, desta vez é diferente. Eu não estou sozinha e este pode ser o meu domínio, mas foi o da minha mãe por muito mais tempo. Talvez, mesmo nesta forma mais enfraquecida, ela tenha muito mais controle do que eu.

Silêncio me acompanha quando eu passo pelo segundo portão, minhas tatuagens subindo pelo meu pulso como nunca tinham feito antes. A água ainda não me molha, mas parece apresentar um pouco mais de resistência. O branco em volta de mim está mais claro, é como se tudo estivesse se intensificando, mas a tontura e cansaço que eu estava sentindo estão diminuindo.

– Selene – eu chamo de novo, olhando ao meu redor, esperando uma armadilha cair na minha cabeça. – Selene!

Eu não sei por que acho que me irritar com uma Ceifadora presa por um feitiço de permanência vai ajudar. Eu passo pelo terceiro portão, depois pelo quarto, minhas pernas começando a doer, minhas mãos pegando fogo. Eu me sinto cada vez mais afastada do mundo real, eu nunca passei tanto tempo assim aqui.

A pedra descansando no meu pescoço está emitindo uma fraca luz verde e eu a toco, quase que involuntariamente. Outro clarão invade minha visão, mas desta vez algo é diferente. Tem mais alguma informação ali. Por um instante uma forma negra é delineada contra a luz, uma impressão rápida demais para que eu consiga interpretar dados.

Ofegante, eu continuo minha caminhada, ouvindo gritos e

gemidos que eu não sei dizer se são reais, mas que são bem sucedidos em me deixar profundamente inquieta. A luz ao meu redor parece estar diminuindo e a água que chega aos meus joelhos também está mais escura. Por um instante eu temo estar longe demais para conseguir achar meu caminho de volta, mas isso não importa agora. Se eu voltar de mãos vazias...

Névoa começa a subir das águas depois do sexto portão, tornando praticamente impossível ver mais de um metro em qualquer direção. Meu corpo inteiro está gelado como nunca esteve antes, mas eu não sinto frio. Minhas mãos, por sua vez, estão fervendo ao ponto de me fazer acreditar que se eu as enfiasse na água escura, ela ia estalar como metal recém-fundido. Quanto mais para frente eu ando, mais minhas tatuagens dançam e sobem pelos meus braços.

Eu sinto uma fisgada e sei exatamente o que aquilo significa. Mais uma alma que Valentina tirou de nós. A ideia de que pode ser Eric ou Roxie me dá energia para acelerar, por mais difícil que isso seja, agora que a água apresenta quase a resistência de lama.

Quando eu finalmente chego ao nono portão, estou envolta em névoa e escuridão. Eu gostaria de ter uma lanterna, uma chama de qualquer tipo, mas algo me diz que isso não iria fazer muita diferença. A única coisa que consigo ver com clareza, se erguendo da névoa, duas vezes mais alta do que as anteriores, é uma estrutura gigantesca. Ao contrário dos outros, este não é apenas um arco flutuando, cintilante e trêmulo. Este parece sólido e intransponível, duas portas negras divididas por um feixe de luz. Quando olho para baixo, vejo que a água do rio, tão calma até este momento, está acelerando, segundo sugada pela fresta.

Eu respiraria fundo, mas, de forma inexplicável, eu não sinto a necessidade de respirar. Talvez eu já esteja morta. Talvez fosse exatamente isso que Valentina queria, que eu viesse até aqui, perseguindo uma lembrança, o fantasma da minha mãe, até que eu não pudesse voltar.

Mas talvez ainda haja algo que eu posso fazer. Eu toco ambos os lados das portas com as minhas mãos, e a cor alaranjada e quente das minhas tatuagens parece vazar da minha pele para a porta que tem a mesma resistência do gelo. As linhas sobem como trepadeiras e, por um instante, parecem aleatórias, mas logo se dividem, replicando os padrões das linhas das minhas mãos em escala gigantesca no portão.

Ela não se abre. Ao invés disso, uma lufada de ar espalha a névoa e quase me arremessa para longe. Minhas mãos ainda estão coladas ao portão quando a névoa volta rápido, um círculo que se fecha sobre mim e sobe com uma velocidade impressionante, envolvendo tudo ao meu redor, um furacão de água e névoa que me força a me agachar, cobrindo minha cabeça com os braços, rezando para que eu não tenha feito nada errado e catastrófico.

A tempestade dura ainda mais alguns minutos. Quando se acalma, eu ainda espero um pouco antes de descobrir minha cabeça e me levantar devagar.

A água aos meus pés está rasa, quase uma lâmina, fluindo rapidamente. O portão desapareceu e, atrás de mim, o rio se estende, infinito. Parece tão distante como se fosse impossível chegar até ele agora. Quando levanto meus olhos, acompanhando o fluxo de água, meu coração quase para.

Diante de mim está um redemoinho gigantesco formado pela água ao rio, flutuando no vazio. É como se fosse um lago com barreiras invisíveis, girando perpetuamente. Os rostos que eu imaginava ter visto no percurso até aqui não são mais minha imaginação. Pessoas, com a mesma aparência etérea dos portões, dançam em círculos, suas formas se desfazendo e se refazendo. Não posso garantir, mas me parece que não vejo nenhum rosto duas vezes.

O que realmente me chama a atenção, no entanto, mais do que a realidade surreal que me cerca, é a plataforma de pedra, ou algo que se assemelha à pedra, no centro do lago. E, em cima dela, ainda vestida toda de preto, seus braços gesticulando como um condutor de orquestra, está minha mãe. Ela está de costas para mim e na altura dos seus pés está uma fumaça preta que segue seus movimentos.

– Selene – eu chamo, e ela para de se mexer, suas costas ficando tensas. Depois de um instante, ela se vira devagar, seu rosto e sua cabeça iniciando o movimento. Ela está longe demais, mas eu vejo um brilho nos seus olhos, uma espécie de fogo frio. E ela está sorrindo.

– Selene, nós precisamos conversar. – Eu me sinto meio estúpida dizendo isso, mas a verdade é que eu não pensei o que faria quando chegasse a esse ponto. E ainda não sei. Ela olha para mim de cima a baixo, aparentemente resolve que isso não importa muito e se vira de novo. – Selene!

Ela não se vira, só volta a fazer exatamente o que estava fazendo antes.

Ela está movimentando seus braços e mãos como uma mestra de fantoches; fumaça preta está saindo das suas mãos e serpenteando pela água como se procurasse por alguma coisa. Quando vejo a fumaça se enroscar em um dos rostos e subir de dentro das águas, indo até Selene quando ela ergue uma das mãos, eu entendo o que ela está fazendo.

E que preciso fazer alguma coisa. Agora.

Eu olho em volta, procurando qualquer coisa que me ajude, desejando de forma inútil ou ridícula que eu tivesse uma espécie de barco, mas nada feito. Selene está concentrada na sua tarefa e – eu consigo sentir, como um aperto no peito – prestes a completá-la.

– Eu pertenço a este lugar – eu digo, fechando meus olhos. – Eu pertenço a este lugar.

Eu abro os olhos e vejo as almas sob meus pés. Se eu vim até aqui pelo rio, faz sentido que eu possa atravessar este redemoinho fantasma da morte, certo?

Certo.

Sacudindo meu corpo todo, eu estico meu pé como uma criança que quer testar a temperatura da piscina. Eu estou prestes a tocar a superfície quando a mesma fumaça preta que está cercando Selene se forma aos meus pés. Ao invés da textura maleável e fria que eu esperava sentir, meu pé faz contato com algo sólido, de forma tão inesperada que eu quase me desequilibro e caio.

Ainda meio em dúvida, eu dou outro passo, estendendo meus braços para os lados como se eu estivesse tentando andar em uma corda bamba. Eu olho para cima, certa de que Selene deve ter me visto a esta altura, mas ela está tão concentrada que não se move.

Ganhando confiança e temendo que minha janela de oportunidade se feche nos próximos segundos, eu passo de uma caminhada leve para uma corrida, vencendo a distância até a plataforma no centro do redemoinho em um piscar de olhos. Selene ainda está gesticulando com os braços, a menos de dois metros de mim e eu não sei bem o que fazer.

– Selene! – eu chamo mais uma vez, impaciente. Ela continua a me ignorar e eu consigo sentir a energia emanando dela como fogo em uma lareira. Me ocorre que há uma coisa que eu ainda não tentei, e talvez seja mais difícil do que tudo que fiz até agora. Eu engasgo mesmo antes de dizer alguma coisa.

– Mãe – eu chamo, minha voz mais suave. É tão estranho dizer esta palavra me referindo a alguém que está diante de mim depois de todos estes anos. Selene para e levanta sua cabeça, sem olhar para trás.

Quando ela finalmente se vira, é como alguém de pé em uma plataforma. Eu me sinto perfeitamente sólida e pesada aqui, mas Selene parece não pesar nada. Agora que a vejo de perto, sabendo quem ela é, eu percebo que esta pessoa não se parece em nada com a mulher sorridente e despreocupada na foto de Vladimir.

Seus olhos estão fundos, sua pele tão clara que eu consigo ver veias no seu rosto e mãos, e não há nem mesmo o traço de brilho nos seus olhos. É como olhar para um manequim catatônico, que agora está me encarando como se houvesse acabado de descobrir que eu existo.

Ela cobre a distância entre nós, uma trilha de fumaça a seguindo, deixando sua aparência ainda mais sobrenatural. Eu dou um passo atrás, mas nós ainda estamos perto o suficiente uma da outra para que eu consiga sentir sua respiração. Ou conseguiria... Se ela tivesse uma.

Selene me olha, completamente imóvel, analisando o nível da minha importância. Eu estou prestes a dizer alguma coisa quando ela levanta sua mão lentamente na direção do meu rosto. Talvez eu devesse me mexer, mas sou distraída pelo movimento, acompanhando-o com meus olhos.

Ela toca meu rosto e, embora suas mãos estejam geladas, é um toque gentil. Sua expressão é a de um animal curioso, que não entende completamente o que está vendo ou o que está acontecendo. Por um breve momento eu penso que talvez ela esteja me vendo, me reconhecendo.

Mas sua expressão escurece, seus olhos se apertam e suas sobrancelhas se unem com raiva. Imagens invadem a minha mente e piscam na minha visão. Roxie correndo para dentro do nosso quarto e fechando a porta, um grupo de homens armados atrás dela. Eric mordendo um leopardo duas vezes o seu tamanho. Unhas rasgando sua pele.

Vincent.

Ele está na porta da mansão, que está coberta de fumaça e destroços, olhando para a luta como se o sofrimento de outros lhes desse prazer. Sarah, a Artista que competiu com Roxie na festa de Natal, tenta se aproximar dele, mas dois homens com olhares apagados bloqueiam seu caminho e um deles a acerta no rosto com um soco que faz meu estômago embrulhar.

Eric o vê, do outro lado da sala, e vem correndo, saltando por cima de pessoas engajadas em combates violentos. Ele ataca, mas, antes que eu possa ver o que acontece, minha visão volta para o rosto furioso de Selene.

O toque gentil de poucos segundos atrás se transforma em um aperto e ela me arremessa com uma força impressionante para o outro lado da plataforma. Eu pouso com força no chão, deslizando até quase cair no redemoinho, me agarrando à pedra com as unhas.

Minha cabeça está pulsando e eu sinto todos os ossos do meu corpo estalarem quando começo a me levantar, mas Selene já está andando na minha direção, seus olhos brilhando, sua forma envolta em fumaça preta. Se algum dia esta mulher me amou, se algum dia ela morreu para me proteger, esse dia está muito distante. Nada dela resta.

Eu me levanto o mais rápido que consigo e é bem a tempo de evitar que ela me agarre de novo. Eu me agacho e rolo para longe, tentando ganhar ao menos um pouco de distância para que possa pensar. Aparentemente, a distância não importa muito. Selene olha para mim e estende seu braço como se lançasse um chicote na minha direção. Fumaça se enrosca nos seus braços, disparando da ponta dos seus dedos, cruzando o espaço entre nós duas e me atingindo no peito.

Eu rodopio no ar e caio no chão com força mais uma vez. A energia da fumaça é forte o suficiente para que eu a sinta, e me falta ar por um instante, mas ela se dissipa ao meu redor e me envolve, como se fosse parte de mim.

É isso. É isso que Selene entende e eu não. A verdade óbvia e fundamental de que as Ceifadoras podem manipular as regras do mundo dos mortos. Talvez eu até já tenha lido isso em algum lugar, mas é difícil pensar em um universo com regras tão diferentes do seu. Não é algo racional ou quantificável. É algo que eu precisava ver. Sentir.

Como sinto agora.

Eu me levanto de novo, me sentindo fraca e zonza, mas Selene não está exatamente disposta a esperar que eu me recupere. Ela me ataca mais uma vez, a fumaça vindo até mim como uma flecha. Eu levanto minhas mãos, sem ter noção alguma do que esperar, mas sabendo que não teria tempo de me desviar. A fumaça preta acompanha o movimento dos meus braços e o ataque de Selene parece ter batido em uma barreira invisível, se dissipando no ar com violência.

Sem entender bem o que aconteceu, eu olho para os meus braços, minhas tatuagens até os ombros, brilhando, cor de laranja. Eu sorrio, animada. Quando olho para cima, Selene está confusa, mas não dura muito. Ela recupera a expressão de raiva e me ataca mais uma vez. Eu me defendo de novo, dando um passo atrás e ainda sem ter muito controle.

Selene não para, me atacando uma vez após outra e dando passos na minha direção, constantes e certeiros. Eu me defendo a cada vez, mas, embora eu tenha começado a compreender meus limites, Selene tem mais prática. Se continuarmos assim, eu não terei chance.

A fumaça se acumula diante de mim e meus braços estão exaustos. Quando ela finalmente se dissipa, Selene está diante de mim. Antes que eu possa reagir, ela me agarra pelo pescoço e me tira do chão. O lugar onde sua pele toca a minha parece estar sendo corroído, e eu sinto veias no meu rosto como se ele estivesse prestes a rachar no meio.

Eu grito, sentindo meu corpo inteiro queimar e arder, pontos coloridos piscando na minha visão. O treinamento de Eric me vem à mente e eu coloco toda a força que tenho nos meus braços, descendo-os com força, de uma vez, nos braços de Selene.

Ela me larga sem fazer um som e eu caio de joelhos, tossindo. Antes que ela possa se recuperar, eu me atiro de ombros para cima dela, jogando-a no chão e me levantando em seguida. Não é o método mais ortodoxo, mas ao menos assim eu talvez possa levar alguma vantagem. Mas Selene fez parte da Ordem e passou pelo mesmo treinamento que eu. Ela se desenrosca o suficiente para criar alguma distância entre nós, põe os dois pés no meu peito e me empurra para longe.

Eu cambaleio, sem cair, mas, antes que eu possa reagir, Selene bate com força no chão. A fumaça segue na minha direção, rachando a pedra no meu caminho. Eu salto para o lado a tempo de evitar o desmoronamento sob os meus pés, mas ela já está preparando outro ataque.

Enquanto corro, salto e me desvio como um animal treinado à mercê de uma lunática, eu penso em Eric e Roxie e todos os outros da Ordem arriscando suas vidas. Eu nunca estive tão fundo no mundo dos mortos, não faço ideia de quanto tempo já passou, só sei que cada segundo presa aqui é mais tempo sem poder ajudá-los. E Rebecca... Quanto mais ela pode aguentar?

A plataforma onde nós estamos já está em pedaços. Logo, só o chão abaixo de Selene vai sobrar. Reunindo toda a minha energia restante, eu me concentro, fechando os olhos por um instante, sentindo as vibrações de tudo ao meu redor. Eu abro meus olhos, vejo Selene e, ao invés de atacá-la com um fluxo de fumaça como ela tem feito, eu a imagino se espalhando até que me cubra e tudo ao meu redor. Por fim, chego ao ponto em que tudo que vejo é escuridão. Eu ando devagar para a frente, nervosa com o silêncio vindo de Selene e sabendo que esta pode ser minha última chance. Eu estou exausta.

Lembrando-me da silhueta que vi ao tocar a pedra no meu colar, eu repito a ação e, como antes, vejo um clarão com uma silhueta recortada bem diante de mim. Enquanto a imagem ainda está fresca eu corro na direção dela e salto.

Aparentemente, ela também me viu, porque, assim que estou prestes a derrubá-la, Selene levanta os braços e usa meu próprio impulso para mudar minha trajetória, dando um passo para o lado ao mesmo tempo que me agarra e me aperta contra o chão. Eu bato a cabeça e fico imediatamente zonza, vendo dois rostos furiosos acima de mim ao invés de um.

Selene está me empurrando para a beirada da plataforma e meus cabelos já estão a centímetros do redemoinho. Meu pescoço está queimando com o esforço que estou fazendo e o ódio nos olhos de Selene me faz pensar que ela nunca vai desistir e isso nunca vai acabar.

Ela se debruça para cima de mim usando seus ombros para ajudar o esforço. E eu vejo, ali, diante de mim, dependurado em uma corrente igual à minha, uma pedra verde, balançando com os movimentos do seu corpo.

Eu levanto minha mão direita em um movimento só e agarro o cabelo curto de Selene o mais forte que posso. Ela solta meu outro braço para tentar se libertar e, no segundo de oportunidade que tenho, arranco a corrente do seu pescoço e faço o mesmo com o meu.

Eu junto as duas pedras na palma da minha mão e, reunindo toda a força restante, eu desço minha mão para o chão, minha palma para baixo, prendendo as pedras entre a minha pele e a plataforma.

Minhas mãos se aquecem, fumaça preta explode sob elas, e eu sinto as pedras se partindo em milhares de pedaços, cortando minhas mãos. Eu trinco os dentes de dor, mas não me movo até que tenho certeza de que elas foram destruídas.

Não é necessário esperar. Assim que elas explodem, uma luz branca invade o lugar onde estamos e arremessa Selene e eu em direções opostas, girando, qualquer traço de fumaça preta se dissipando completamente. Eu escuto gemidos e gritos de todos os lados, mas a esta altura, não sei dizer se é minha imaginação.

Eu não tenho nem mais um grama de energia. Minha vista está embaçada e eu fecho meus olhos por um instante, minha cabeça pulsando. Neste momento, pouco me importa se eu não conseguir abri-los de novo. As pedras foram destruídas, Valentina não pode fazer mais nada.

Eu fico imóvel, de olhos fechados por mais alguns minutos. Até que algo escurece minha visão e eu ouso abrir os olhos.

Selene está parada ao meu lado, olhando para o meu rosto. Inicialmente, eu acredito que ela está aqui para me matar e não consigo me importar muito, mas seu rosto está diferente. As bolsas escuras sob os seus olhos não estão mais lá, sua pele está clara e o violeta está de volta ao seu olhar. Sua expressão é triste e gentil ao mesmo tempo e, embora ainda esteja com suas roupas escuras, ela parece mais leve, mais iluminada, seus cabelos quase brancos sendo soprados por algum vento invisível. Ela não se parece com nenhum espírito que já vi. Ela é linda.

Selene se agacha ao meu lado e olha para mim, absorvendo cada pedaço do meu rosto antes de levantar novamente sua mão e tocá-lo com carinho. Mas desta vez é diferente. Seus olhos se enchem de lágrimas, embora ela esteja sorrindo, e eu não consigo evitar que algumas rolem pela minha bochecha. Esta era quem eu imaginava nas minhas noites solitárias, alguém cujo simples toque faz com que tudo no mundo pareça melhor. Depois de tudo que vi, eu sei que não há magia mais poderosa.

Minha mãe limpa minhas lágrimas e passa seus dedos pelos meus cabelos antes de se abaixar e plantar um beijo delicado na minha testa. Eu fecho meus olhos de novo, sentindo o calor dos seus lábios contra a minha pele, e, por um segundo, eu posso jurar que ela sussurra meu nome.

E então tudo acaba.

EPÍLOGO

Quando eu abro meus olhos, minha mãe desapareceu e eu estou olhando para o teto da sala de treinamento da Sede. Rebecca está encostada na parede, desacordada, mas ainda respirando, uma das suas facas ao seu lado. Seu nariz está sangrando e suas roupas estão sujas.

Uma sombra se inclina sobre mim e eu enxergo, em um lampejo, cabelos vermelhos e o brilho de metal na luz. Instintivamente eu rolo para o lado, bem a tempo de evitar ser perfurada por Valentina.

Rolando para trás, eu me levanto de forma a ficar de frente com ela. Seus cabelos normalmente arrumados estão selvagens ao redor do seu rosto e sua roupa está o menos imaculada que já a vi. Mas o que me assusta são seus olhos, cintilando com um tipo de loucura que eu não consigo compreender e acho que nem quero. Ela parece furiosa, ensandecida, e eu encontro um pequeno consolo no fato de que isso provavelmente quer dizer que as coisas não aconteceram como ela quis.

– Valentina – eu digo. – Resolveu sair da toca?

– Você força minha mão muito mais do que eu gostaria, Katherine. É realmente cansativo.

– *Eu* canso *você*. Claro. Já que você está aqui, sozinha, eu presumo que as coisas não estão saindo bem para o seu lado?

– Já estiveram piores.

– Desista, Valentina. Mesmo que você me mate qual é o próximo passo? Eu destruí os amuletos, minha mãe não está mais disponível, qual é a sua estratégia agora?

Os olhos dela cintilam, algo passa por eles que eu não consigo identificar, mas seu rosto se fecha um pouco mais.

– Quando tudo falha, Katherine, a estratégia se torna vingança.

O nosso diálogo termina ali, quando ela se lança para cima de mim. Eu desvio bem a tempo de evitar outra ferida que poderia ser letal. Assim como Vlad, Valentina se move com uma velocidade impressionante e uma elegância que seria majestosa se não fosse completamente psicopata. Eu faço o melhor que posso para evitá-la, mas sou um gorila desengonçado perto das investidas calculadas e felinas dela.

Eu uso o equipamento de ginástica como uma barreira, esperando ganhar tempo enquanto tento achar uma solução, caindo aos tropeços de forma que envergonharia Roxie e Eric, que investiram tanto tempo no meu treinamento. Mas agora não é a hora de pensar na decepção que eu causaria para outras pessoas, é hora de me livrar dessa erva daninha de uma vez por todas.

Minha distração momentânea me impede de ver quando Valentina se aproxima por trás de mim e corta minhas costas de fora a fora, a dor me deixando cega por um instante. Eu cambaleio para a frente e me levanto, mas ela me agarra pelo cabelo e me atira de costas no chão, a dor me fazendo trincar os dentes a ponto de achar que eles vão quebrar.

Ela se posiciona diante de mim e vejo que seu rosto nunca esteve tão maníaco. Eu penso, por um segundo, se Vladimir seria capaz de fazer a mesma expressão. Valentina ergue as mãos mais uma vez, preparada para me empalar, mas eu não tenho a intenção de fugir agora. Eu passei tempo o suficiente tendo medo de Valentina.

Em um movimento, eu estico meu braço direito para o lado, agarro o *bo*[2] com o qual Roxie me fez treinar algumas vezes e o giro no chão, tirando as pernas de Valentina de baixo dela. Ela cai com as costas contra o chão e a faca escapole das suas mãos. Antes que ela possa se recuperar eu me jogo para cima dela e aperto seu rosto com as duas mãos.

Eu tenho tempo de ver a expressão no seu rosto se transformar em choque e dor antes de tudo ao nosso redor dar lugar ao mundo dos mortos. A mesma árvore, o mesmo rio, o mesmo vazio à nossa volta. A forma etérea de Valentina está diante de mim, mas o choque de agora há pouco deu lugar a um tipo de olhar perdido em

2 Bastão japonês de madeira ou bambu usado em artes marciais

todas as direções, quase incrédulo. Eu sorrio, porque agora ela está no meu domínio. Agora, toda a sua força, treinamento, toda a sua crueldade e sua manipulação, nada disso vai ajudá-la.

Seus olhos finalmente me encontram e ainda há um pouco de raiva ali. Mas o que eu realmente vejo é desespero. Eu sei que ela quer falar alguma coisa, eu consigo sentir, mas palavras não saem de sua boca. Ela é uma sombra da mulher confiante do mundo dos vivos, embora sua energia não esteja completamente esgotada.

– Dê uma boa olhada ao seu redor, Valentina – eu digo, e minha voz parece mais grave do que o normal. – Eu poderia te matar, poderia te mandar para o rio onde vão todas as outras almas que você foi responsável por mandar para cá, mas não é isso que você merece. O controle que você tanto queria que eu tivesse? Eu tenho. E com ele, eu não *preciso* permitir que você faça a travessia.

Valentina me olha, uma pergunta no seu rosto.

– Bem vinda à sua nova casa, Valentina. Eu espero que você consiga achar um bom passatempo, porque você vai passar muito, muito tempo aqui.

Sua boca se abre e ela arregala os olhos, esticando o braço na minha direção, mas eu pisco e estou de volta à Sede.

* * *

Quando eu abro meus olhos de novo, Rebecca está acordada, embora pareça um tanto cansada. Ela olha para mim, seus olhos se arregalando.

– Kat! – ela vem até mim gemendo e se ajoelha ao meu lado. – Meu Deus, você está viva!

Seus olhos estão cheios de lágrimas e eu me sento, olhando de volta para ela.

– Becks, o que houve, você está bem? – eu quero ajudar, mas francamente não tenho coragem de tocá-la. Não por mim desta vez, mas porque não saberia onde, ela parece estar toda ferida.

– Ah, sim, eu estou bem – ela diz, abanando as mãos como se a minha preocupação fosse completamente irrelevante. – Mas Valentina...

Eu acompanho seu olhar e noto o corpo de Valentina, imóvel, mas ainda respirando.

– Mas você, Kat – ela diz, se virando para mim de novo, seus olhos ainda tristes –, você não estava respirando. Você ficou deitada ali, gelada como a morte e não tinha nada que eu pudesse fazer.

Rebecca abaixa sua cabeça, soluçando, suas mãos tremendo.

– Ei – eu chamo, sorrindo. – Eu estou aqui, Becks.

Ela responde ao meu gesto e enxuga o rosto com a manga rasgada.

– Nunca mais faça isso de novo, ok?

– Prometo – a ausência de sons de batalha me chama a atenção. – Onde estão os outros?

Rebecca levanta suas mãos, tentando me acalmar.

– Eles estão bem. Nós tivemos... perdas de ambos os lados, mas....

– E Eric? – eu pergunto, ansiosa. Rebecca evita meu olhar por um breve instante, achando que eu não ia notar, mas eu noto e meu coração se afunda no peito.

– Ele queria estar aqui, Kat. Nós... nós achamos que tínhamos perdido você, eu nunca vi Eric daquele jeito. Ele foi buscar Vlad.

– Eric acha que eu estou morta? – essa ideia fazia meu coração se encolher ainda mais. Porque eu sei como eu agiria se achasse que o tinha perdido. Eu me levanto rápido, uma onda de tontura me invadindo. – Nós temos que achá-lo!

Eu mal termino de falar quando a porta da sala se abre com força e Eric e Vlad entram. Eric para na entrada, seu braço direito em uma tipoia que parece improvisada e seu rosto inchado e roxo, mas quando ele me vê seu rosto se ilumina. Ele corre na minha direção e me levanta com seu outro braço, e eu rio, como não ria há muito tempo.

Eric me põe no chão, seu braço ainda ao redor da minha cintura, e me beija com força, um sorriso em seus lábios e nos meus. Ele se separa de mim e toca meus cabelos, meu rosto, me virando de um lado para o outro.

–Você está bem, certo? – ele pergunta, me examinando. Eu rio.

–Estou, Eric. – Meus dedos tocam o rosto dele de leve e ele se encolhe. – E você?

– Já estive bem pior.

Vlad usou esse tempo para cruzar a distância entre nós. Ele nota o corpo de Valentina ao meu lado e sua expressão é confusa, aliviada e triste, tudo ao mesmo tempo.

– E Valentina? – ele pergunta. Eric olha para ela e arregala os olhos como se acabasse de notar sua presença.

– Ela não está morta, Vlad – eu digo, sentindo a necessidade de me explicar. – Mas ela está em uma espécie de... coma. Eu não sei se era isso que você queria, mas...

– O que eu queria não importa, Katherine. Eu estou feliz por você estar viva e orgulhoso pelo que você fez por nós. A batalha acabou no instante em que os bonecos de Valentina começaram a cair como frutas maduras no chão. Se não fosse por você, as perdas teriam sido significativamente maiores. Nós devemos nossa gratidão a você, não nosso julgamento.

Ele olha de novo para o corpo da irmã.

– E quanto a Valentina – Vlad suspira –, eu vou me encarregar pessoalmente de transportá-la para a Sede Central em Londres. Eles podem mantê-la ali, o mais longe possível de nós.

Eu aceno com a cabeça, sorrindo e me sentindo descansar.

– Então... – eu começo, pouco depois, nervosa com a pergunta que estou prestes a fazer. – Acabou?

– Nós temos muito trabalho pela frente, Kat, a começar pela reconstrução da Sede – Vladimir diz.

– Eu não vejo como pode realmente acabar, Kat, infelizmente – Eric interrompe. – Sempre haverá outras Valentinas, outras ameaças. Nós continuamos com o nosso trabalho, como temos feito nas últimas centenas de anos. Mas sim, por agora, podemos descansar.

– Mortícia! – Roxie entra correndo na sala, Nick bem atrás. Ela também está ferida, sua roupas sujas de sangue, uma lança presa às suas costas. Ela passa por cima de dois homens no chão, que eu acabei de notar que estão ali, sem a menor cerimônia. – Eu sabia que não íamos nos livrar de você tão fácil.

– É bom ver você também, Roxie. A Sede está muito mal?

– É só um prédio. Nós podemos reconstruí-lo – Eric diz. – Com a sua ajuda.

Eu olho em volta, para a sala de treinamento com buracos na parede, instrumentos quebrados, poeira por todos os lados e imagino que o resto esteja ainda pior. Ninguém, no entanto, me pergunta o que aconteceu do meu lado das coisas, o que eu vi, o que eu fiz, e eu sou feliz por isso. Talvez eles não se importem, contanto que a missão esteja sendo cumprida, mas eu acho que eles me respeitam o suficiente para entender que esta parte de mim sempre será pessoal.

– E agora? – Roxie pergunta, examinando o estado das coisas à nossa volta.

Eu olho dela para Rebecca, que sempre foi como uma irmã para mim, para Eric, que apareceu na minha vida quando eu mais precisava, para Roxie, que estava sempre lá para me desafiar e me manter no mundo real. Sim, a Sede está precisando de uma reforma e todos nós de um médico. Não é um lar ou uma família tradicional, mas é minha. Pela primeira vez, eu posso relaxar e saber que, não importa o que aconteça, eles estarão aqui por mim.

Eu suspiro e sorrio, sentindo toda a exaustão de uma vez. Eric entrelaça seus dedos com os meus e eu percebo que as tatuagens estão agora nos meus braços inteiros. Exatamente como as da minha mãe.

– Na verdade... – eu digo, me sentindo mais feliz e relaxada do que tenho memória de jamais ter estado, o que é estranho considerando as circunstâncias. – Se ninguém tiver nenhuma objeção, eu adoraria uma pizza.

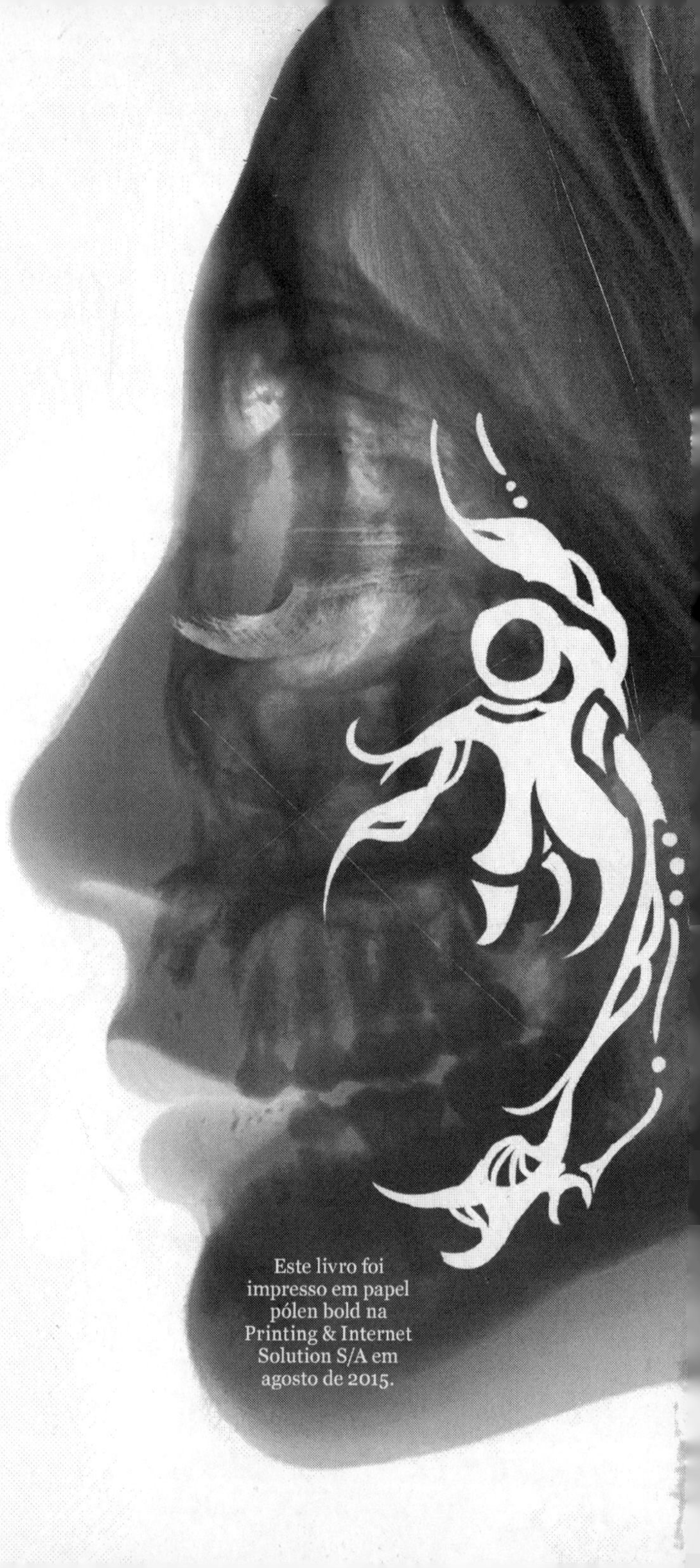

Este livro foi
impresso em papel
pólen bold na
Printing & Internet
Solution S/A em
agosto de 2015.